要写行藏入笑林

南宋戏作词研究

唐瑭 著

广陵书社

图书在版编目（CIP）数据

要写行藏入笑林 ： 南宋戏作词研究 / 唐瑭著.
扬州 ： 广陵书社，2025. 2. -- ISBN 978-7-5554-2387
-4

Ⅰ. I207.23

中国国家版本馆CIP数据核字第20244T1B94号

书　　名	要写行藏入笑林——南宋戏作词研究	
著　　者	唐　瑭	
责任编辑	邹镇明	
出版发行	广陵书社	
	扬州市四望亭路2-4号	邮编　225001
	（0514）85228081（总编办）	85228088（发行部）
	http://www.yzglpub.com	E-mail:yzglss@163.com
印　　刷	扬州市机关彩印中心	
开　　本	889毫米×1194毫米　1/32	
印　　张	7.25	
字　　数	122千字	
版　　次	2025年2月第1版	
印　　次	2025年2月第1次印刷	
标准书号	ISBN 978-7-5554-2387-4	
定　　价	48.00元	

目　录

绪　论

一

　　戏作词是题序中标明"戏作"的词。词的题序的产生，对于说明词作的创作缘由及所写何物具有重要意义。沈雄《古今词话·词品·戏作》载："丘石常曰：词中每多戏赠，曲中谓之诨语。周德清谓庄重之余，出以诙谐，顾用之者何如。独恨今之以风格笑人者，如陈仲子笑齐人，庄谐皆优，然不如谐者之神明，足以解颐。"[1]便是从题序的角度出发将戏赠之词列入戏作之中。但通过梳理现存词作可以发现，题序中除了出现"戏赠"外，还有"戏""戏题""戏作"等字，若只将戏赠之词视为戏作词未免狭隘。

　　目前学界对戏作词的定义并无定论，所持观点大致分为两类。一类是将题序中含有"戏""戏作"的词视为戏作词，如汲军、应子康《辛弃疾信州生活与"戏作"词》，何亚静硕士论文《宋代戏作词研究》。王毅则在其专著《中国古代俳谐词史论》里对戏作词作了明确定义："戏作词，

　　[1]〔清〕沈雄：《古今词话》，载唐圭璋编：《词话丛编》第一册，中华书局 2005 版，第 877 页。

即题序中标明'戏作'的词,自宋代中期苏轼、王齐愈、黄庭坚等开始出现。"[1]另一类则是将题序中含有"戏"和"嘲"的词均列入戏作词的范围,如李静《宋代"戏作"词的体类及其嬗变》。

比较上述两类词作可以发现,题序含有"嘲"字之词作,其词意较为单一,多为嘲友人所作。而题序含有"戏作"之词,除调侃友人外,更有戏谑时事、戏物、自戏等内容,题材多样且情感多元,与含有"嘲"字之词不尽相同。因此,笔者采用王毅之观点,将题序中标明"戏作"之词作为研究对象,进行重点分析。

欲研究戏作词,先要辨析戏作词与俳谐词的区别。"所谓俳谐词,指的是运用隐喻、反讽、嘲谑等手法写成的,以一种游戏调笑的面目来表现诙谐、幽默的词作。"[2]"俳谐词,指的是那种用隐喻、嘲谑手法写成的具有一定游戏调笑性质的、幽默、诙谐的作品。"[3]由是观之,界定俳谐词

---

[1] 王毅著:《中国古代俳谐词史论》,上海古籍出版社 2013 版,第 101 页。

[2] 李扬:《"有所寄兴,亦有深意"的两宋俳谐词》,《文史知识》1995 年第 2 期。

[3] 邓魁英:《辛稼轩的俳谐词》,载中国李清照辛弃疾学会:《首届辛弃疾学术研讨会论文集》,上饶古文化科技开发研究所 1987 年版,第 119 页。

的关键点在于风格,核心是诙谐、幽默,题序中是否含有"戏"字并不在考虑之列。清人冯金伯《词苑萃编》卷二十二《谐谑》称:"裴谈《回波词》云:'回波尔时栲栳,怕妇也是大好。外边只有裴谈,内里无过李老。'……乃俳谐词之祖也。"[1] 其缘由也在于此词用通俗诙谐的语言戏谑唐中宗和御史大夫裴谈惧内之事,读罢令人忍俊不禁。

戏作词的定义则并非如此。戏作词,题序中必须含有"戏"字,"所谓的'戏作',其核心在于'戏',所谓的'戏',……究其实质,则是一种和严肃、认真相对的态度"[2],而不是对词作风格的限定。如黄庭坚《渔家傲》四首组词,其序云:"江宁江口阻风,戏效宝宁勇禅师作古《渔家傲》,王环中云:庐山中人颇欲得之。试思索,始记四篇。"[3] 就词意而言,这四首词分别演绎了达摩祖师、南岳临济宗福州灵云志勤和尚、唐代高僧船子和尚、百丈山大智禅师的佛家典故,表达词人的参禅感悟。这四首戏作词一无诙谐滑稽,二无嘲弄讽刺,题序中的"戏"所反映的是词人的创作态

---

[1] 〔清〕冯金伯:《词苑萃编》,载唐圭璋编:《词话丛编》第三册,第2214页。

[2] 李静:《宋代"戏作"词的体类及其嬗变》,《北京大学学报(哲学社会科学版)》2014年第51卷第5期。

[3] 唐圭璋编:《全宋词》第一册,中华书局1965年版,第397页。

度,与词作风格并无直接联系。若将这些词作也以俳谐词一以概之,未免不妥。

　　不可否认,戏作词中亦有幽默风趣的词作,故而"谓庄重之余,出以诙谐"。这些诙谐之作可以纳入俳谐词的范畴,俳谐词中题序含有"戏"字的词作也可以纳入戏作词的范畴。戏作词与俳谐词之间的确存在交集,但必须明确的是,绝不能将戏作词与俳谐词视为一个等同的概念,二者不能混为一谈。

二

　　戏作词出现于北宋中期,由苏轼首创。现存北宋时期的戏作词共 37 首,作者 5 人,分别是苏轼(6 首)、王齐愈(6首)、舒亶(1 首)、黄庭坚(18 首)、毛滂(6 首)。苏门词人是北宋戏作词的主要创作群体。

　　北宋戏作词的题材内容多为戏谑友人、宴席助兴以及文字游戏。以苏轼所写的第一首戏作词《减字木兰花·过吴兴,李公择生子,三日会客,作此词戏之》为例:

　　　　惟熊佳梦。释氏老君亲抱送。壮气横秋。未满三朝已食牛。　　犀钱玉果。利市平分沾四坐。多谢无功。此事如何到得侬。[1]

　　这首词是苏轼为庆贺友人李常生子而作。上阕化用《诗经·小雅·斯干》和杜甫《徐卿二子歌》之诗句,写小儿出生吉利且身体健康。下阕则写"三朝洗儿"的热闹场面:主人在席上散发喜钱喜果,而词人回以晋元帝生子,从臣岂能有功的笑话,将欢乐气氛推向高潮。全词语言幽默风趣,用典用俗适当得体。结合内容再反观题序中"作此词戏之",便可明了此词是朋友间的玩笑之作,题序中的"戏"即为戏谑之意。

　　南宋时期,戏作词得到蓬勃发展,参与戏作词写作的词人共计 50 人,作品共计 173 首。画家、官员、文学家、理学家均写有戏作词,创作群体更具多样性。词作内容较北宋时期也有所突破,不仅戏谑他人,也自戏、戏物和戏写生活琐事等。整体而言,南宋前期,经历靖康之难的南渡词人将特殊的时代烙印融入戏作词的创作中,促使南宋戏作词在内容、情感等方面趋向多样化,题序中的"戏"也具有了多重意义。南宋中兴时期,戏作词的创作达到高峰,辛弃疾是这一时期的主要创作者,也是两宋戏作词创作最多

---

[1]　唐圭璋编:《全宋词》第一册,第 312 页。

的词人。南宋后期,戏作词的创作则逐渐走向衰落,在末代词坛略显寂寥。

元、明、清三代,戏作词的创作未在词人群体中广泛流行,仅部分词人偶有为之,如元代元好问《惜分飞·戏王鼎玉同年》、明代王世贞《望江南·病后戏作》、清代邹祗谟《六州歌头·戏作简僮约,效稼轩体》等。

三

关于戏作词的研究,以往学术界多将戏作词纳入俳谐词、谐谑词的范围进行研究,或是设置章节叙述,或是论述举例时直接引用。近年来,学术界逐渐有研究者将戏作词作为独立研究对象进行分析论述,并且已经取得了一些成果。下面拟对戏作词和俳谐词、谐谑词的研究现状分别进行梳理。

综合性研究有何亚静硕士论文《宋代戏作词研究》[1]和李静《宋代"戏作"词的体类及其嬗变》。

何亚静《宋代戏作词研究》,论述了戏作词的产生原

---

[1] 何亚静:《宋代戏作词研究》,东华理工大学硕士学位论文,2014年。

因、主要创作词人及发展历程,分析了戏作词的内容和艺术特征,并结合词人的创作思想、创作动机等文艺心理学理论对黄庭坚、向子谨、辛弃疾、周紫芝的戏作词进行个案研究。该论文的一半篇幅皆为个案研究,对于戏作词内容与艺术特征的挖掘不够深入。

李静《宋代"戏作"词的体类及其嬗变》在厘清戏作词与俳谐词之异同后,将宋代的戏作词分为戏人、自戏和戏物三种类型,并进行分析。除此之外,文中还论述了戏作词在北宋中期至南宋后期的发展中,不仅词调的取用由简趋繁,表现功能上亦由浅转深:从初期的多止于娱乐,发展到后期的娱乐、社交、抒情言志等多种功能叠加等。

个案研究则有汲军、应子康《辛弃疾信州生活与"戏作"词》[1]、何亚静《略论芎林词题序中之"戏"》[2]及李恒《题目或小序中标"戏""戏作"的苏轼谐趣词刍议》[3]。

汲军、应子康《辛弃疾信州生活与"戏作"词》,使用

[1] 汲军、应子康:《辛弃疾信州生活与"戏作"词》,《上饶师范学院学报》2009年第29卷第1期。

[2] 何亚静:《略论芎林词题序中之"戏"》,《开封大学学报》2013年第27卷第1期。

[3] 李恒:《题目或小序中标"戏""戏作"的苏轼谐趣词刍议》,载中国词学研究会:《2014中国词学国际学术研讨会论文集》,2014年。

量化分析的研究方法,对辛弃疾戏作词的数量、集中创作时间进行了统计,表明辛弃疾的戏作词创作与其信州生活密不可分。通过分析这些戏作词,得出结论:这些词以信州生活中的"戏作"状态消解政治失意之忧愤,化解生活灾变之压力,陶冶精神脱俗之情趣,对排解生活、精神上的痛苦颇有成效,但对消解政治抱负上的失意却收效甚微,可见词人政治抱负痛苦之深刻。

何亚静《略论芗林词题序中之"戏"》,从芗林词题序中"戏"之分布及概说、"戏"之内涵、"戏"之时代背景三个方面对向子諲《江北旧词》和《江南新词》题序中的"戏"做了对比研究。认为《江北旧词》中的"戏"是基于文字本身最初含义的游戏之作,《江南新词》中的"戏"则有轻松愉悦之情的流露、对佛教哲理的感悟、劝慰调侃友人、自嘲自谦谦逊性格的体现四个方面的内涵,并从时代背景的角度分析了产生这般区别的原因。

李恒《题目或小序中标"戏""戏作"的苏轼谐趣词刍议》,从苏轼谐趣词的界定、题目与序言中含"戏"和"戏作"之词作的文本分析、题目或小序中标明"戏""戏作"的谐趣词图表分析三个方面进行厘定和解析,将苏轼含有"戏"和"戏作"之词作分为朋友之间的戏谑玩笑之作、以嘲讽笔调书写的谐趣之作、借戏言诙谐幽默地阐发人生哲理之作三类,并通过时间表与数量表分析苏轼六首含有"戏"的谐趣词与苏轼人生轨迹的关系,管中窥豹般地揭示苏轼谐趣词的基本内容。

俳谐词、谐谑词虽名称不同,但其实都是具有俳谐意味的词作。此类词作在20世纪80年代之后受到学者关注,成果颇丰。

综合性研究主要有:杨海明《浅谈宋代戏谑词》[1],肯定了一部分戏谑词的意义,认为戏谑词是两宋词风格之一体,也是唐宋词坛一以贯之的一种词体;李扬《宋代俳谐词创作审美文化阐论——兼及中国传统喜剧精神的思考》[2],通过观照俳谐词的审美文化,对宋代词坛风尚、宋人词学审美观念进行深入探讨;刘晓珍《禅宗对俳谐词的影响》[3],认为禅宗的影响是不少俳谐词呈现幽默诙谐风格的重要背景;王毅《论宋代俳谐词中的〈庄子〉内蕴》[4],

[1] 杨海明:《浅谈宋代戏谑词》,《苏州教育学院学刊》1986年第3期。

[2] 李扬:《宋代俳谐词创作审美文化阐论——兼及中国传统喜剧精神的思考》,《东方丛刊》1998年第1辑(总第23辑)。

[3] 刘晓珍:《禅宗对俳谐词的影响》,《中南大学学报(社会科学版)》2004年第10卷第6期。

[4] 王毅:《论宋代俳谐词中的〈庄子〉内蕴》,《重庆社会科学》2007年第1期。

从齐物的思维方式、嘲讽的表现方式、游戏的生存方式三个方面分析了宋代俳谐词与《庄子》的内在相通之处；宋秋敏《唐宋俳谐词的"草根精神"》[1]，探析了唐宋俳谐词所体现出的"草根文化"与"草根精神"，颇具新意；刘梦凡《浅析宋徽宗时期俳谐词的发展与革新》[2]，则从社会现象入手，解析宋徽宗时期俳谐词的发展转变。学位论文有：王毅硕士论文《宋代俳谐词研究》[3]，从价值阐释、士人心理、喜剧之趣与文学史意义三个方面对宋代俳谐词做了研究论述；刘艺硕士论文《宋代俳谐词的解构主义观照》[4]，以解构主义的眼光对俳谐概念和宋代俳谐词的发展做了一个纵向的历史性观照，详细具体地分析宋代俳谐词解构性的文本特征；蒋志琳硕士论文《论宋词"以词为戏"》[5]，

［1］宋秋敏：《唐宋俳谐词的"草根精神"》,《古典文学知识》2011年第3期。

［2］刘梦凡：《浅析宋徽宗时期俳谐词的发展与革新》,《东南大学学报(哲学社会科学版)》2024年第26卷增刊。

［3］王毅：《宋代俳谐词研究》,南京师范大学硕士学位论文,2003年。

［4］刘艺：《宋代俳谐词的解构主义观照》,湘潭大学硕士学位论文,2008年。

［5］蒋志琳：《论宋词"以词为戏"》,河南大学硕士学位论文,2008年。

以俳谐词和杂体词为对象,着眼于"以词为戏"这一文学现象内涵与意义的探讨;黄如玲硕士论文《论宋代俳谐词与宋型文化》[1],论述俳谐词与宋型文化的关系;郑晓欢硕士论文《北宋中后期俳谐词研究》[2],对北宋中后期俳谐词进行了较为全面的梳理和分析;张东雪硕士论文《两宋俳谐词研究》[3]和张金晶硕士论文《宋代俳谐词研究》[4],都是对宋代俳谐词内容、思想、艺术手法、发展演变的综合性探讨。

专著则主要有王毅《中国古代俳谐词史论》,对唐五代至明代的俳谐词进行了论述分析,并探讨了俳谐词的思想渊源与文化传统、俳谐词的常用词调与艺术特色,以及俳谐词的功能。值得注意的是,该书第二章"宋代俳谐词:万紫千红总是春"第三节下专设小节"戏作与自适",分析论述周紫芝与向子谭的戏作词,体现出将戏作词作为独立

---

[1] 黄如玲:《论宋代俳谐词与宋型文化》,中山大学硕士学位论文,2009 年。

[2] 郑晓欢:《北宋中后期俳谐词研究》,曲阜师范大学硕士学位论文,2011 年。

[3] 张东雪:《两宋俳谐词研究》,哈尔滨师范大学硕士学位论文,2022 年。

[4] 张金晶:《宋代俳谐词研究》,四川外国语大学硕士学位论文,2023 年。

研究对象的意识；但仍将戏作词视为俳谐词，而未作为一个独立类型进行研究。

　　个案研究则多集中于苏轼、辛弃疾和刘克庄三人。如许山河《略论刘克庄政论词和谐谑词》[1]，比较分析了刘克庄的政论词和谐谑词；范学新《略论稼轩谐谑词》[2]，对辛弃疾谐谑词进行了简单归纳，并对其特点与成因进行了初步分析；汲军、应子康《试析稼轩谐戏词的美学特征》[3]，探讨了辛弃疾谐戏词的成因，并重点对其谐戏词所表现的"摧刚为谐"与"以谐济刚"的美学特征进行分析与评价；许振、安丹丹《从谐谑词看苏轼的人文情怀》[4]，从苏轼对谐谑词开拓的角度出发，分析了苏轼对独立人格的追求与自我超越；李恒《佛禅思想对苏轼谐趣词的影响》[5]，从苏

　　[1]　许山河：《略论刘克庄政论词和谐谑词》，《湘潭大学学报（语言文学）》1985年增刊。

　　[2]　范学新：《略论稼轩谐谑词》，《新疆师范大学学报（哲学社会科学版）》2001年第4期。

　　[3]　汲军、应子康：《试析稼轩谐戏词的美学特征》，《江西社会科学》2005年第4期。

　　[4]　许振、安丹丹：《从谐谑词看苏轼的人文情怀》，《温州大学学报（社会科学版）》2010年第23卷第4期。

　　[5]　李恒：《佛禅思想对苏轼谐趣词的影响》，载中国词学研究会：《2014中国词学国际学术研讨会论文集》，2014年。

轼的儒禅思想入手,探讨苏轼创作谐趣词的原因。学位论
文方面,徐晶硕士论文《辛弃疾谐谑词研究》[1],在解读辛
弃疾谐谑词文本的基础上,发掘其对于人生、社会的思考
和沉郁曲折情感的抒发;李恒博士论文《苏轼谐趣词研
究》[2],对苏轼谐趣词进行了整体分析与总结。

综上所述,李静《宋代"戏作"词的体类及其嬗变》,
汲军、应子康《辛弃疾信州生活与"戏作"词》,李恒《题目
或小序中标"戏""戏作"的苏轼谐趣词刍议》,这三篇论
文在戏作词的内容、艺术特征、深层内涵以及发展变化等
方面进行深入挖掘与探讨,是近年来宋代戏作词文学方面
研究的最主要成果。

两宋戏作词存世二百余首,其中北宋 37 首,南宋 173
首。目前学术界对于宋代戏作词进行整体研究比较少,关
于南宋戏作词的专门研究更显寥寥,南宋戏作词在内容、
艺术特征、情感及创作心态等方面都值得深入探讨。

---

[1] 徐晶:《辛弃疾谐谑词研究》,江西师范大学硕士学位论文,
2012 年。

[2] 李恒:《苏轼谐趣词研究》,吉林大学博士学位论文,2013 年。

第一章

南宋戏作词的内容与艺术特征

第一节　南宋戏作词的内容书写

一、社会交际的反映

社会交际是词作的重要表现内容，"词的社交功能与娱乐功能，在相当长的时间内，是同它的抒情功能相伴而行的"[1]。首创戏作词的苏轼，其6首戏作词中，有3首与社交相关。在南宋的戏作词中，戏人之词与宴席之作更是有近80首，社交对象包括亲人、友人、妓女。词人如何与这些社交对象进行社会交往，都可从这些词作中略窥一斑。

1. 与亲人：言之谆谆，意之殷殷

首先是对亲人的挂念。侯寘《朝中措·建康大雪，戏呈母舅晁留守》："漏云初见六花开。惊巧妒江梅。飘洒元戎小队，玉妆旌旆归来。　　恩同化手，春回陇亩，欢到

----

[1] 吴熊和著:《唐宋词通论》,浙江古籍出版社1989年版,第455页。

尊罍。记取明朝登览,绿漪惟有秦淮。"[1]作者见雪景壮丽,便作词一首请舅父登览美景。又如向子谉《浣溪沙·戏呈牧庵舅》:"进步须于百尺竿。二边休立莫中安。要知玄露没多般。　花影镜中拈不起,蟾光空里撮应难。道人无事更参看。"[2]牧庵舅,即向子谉舅父李朝请。据《五灯会元》载,李朝请曾携外甥向子谉拜谒禅宗黄龙宗东山吉禅师[3]。本词中,向子谉化用禅语"百尺竿头须进步,十方世界是全身""二边纯莫立,中道不须安"与舅舅分享自己的参禅感悟,可见甥舅之间感情颇深。

南宋政坛党争激烈,波诡云谲,在亲人职务调动时,作者也会通过戏作词进行勉励,如辛弃疾《永遇乐·戏赋辛字,送茂嘉十二弟赴调》:

烈日秋霜,忠肝义胆,千载家谱。得姓何年,细参辛字,一笑君听取:艰辛做就,悲辛滋味,总是辛酸辛苦。更十分向人辛辣,椒桂捣残堪吐。　世间应有,芳甘浓美,不到吾家门户。比着儿曹,累累却有,金印

---

[1] 唐圭璋编:《全宋词》第三册,第1435页。

[2] 唐圭璋编:《全宋词》第二册,第960页。

[3] 〔宋〕普济著,苏渊雷点校:《五灯会元》卷十八,中华书局1984年版,第1225—1226页。

光垂组。付君此事,从今直上,休忆对床风雨。但赢
得靴纹绉面,记余戏语。[1]

族弟即将赴临安听候调遣,辛弃疾作此词送别。起句
掷地有声,言辛家世代都是刚烈正直、忠肝义胆之人,强调
家族精神。既而"细参辛字",指出辛家功业的创立都是
历经艰辛,而辛氏成员的辛辣个性更使得他们容易与世龃
龉,暗示族弟前路坎坷。换头则通过与其他家族显赫命运
的对比将话题引回到送弟赴任的主题上,嘱咐族弟要承担
光大家族门楣的重任,勇往直前,不可因族兄仕途困顿就
向往退隐闲居。结尾再以"靴纹绉面"之典讽劝。"靴纹
绉面",典出欧阳修《归田录》卷二:"田元均为人宽厚长
者,其在三司深厌干请者,虽不能从,然不欲峻拒之,每温
颜强笑以遣之。尝谓人曰:'作三司使数年,强笑多矣,直
笑得面似靴皮。'"[2]稼轩用此典,意在告诫族弟:想要官
运亨通,必然得学会强装笑脸,与各方人士虚与委蛇。但
即便如此,也要记得今日之语,勿忘辛家清白刚直之门风。

---

[1]〔宋〕辛弃疾著,邓广铭笺注:《稼轩词编年笺注》卷四,上海古
籍出版社 2018 年版,第 777 页。

[2]〔宋〕欧阳修:《归田录》,载朱易安、傅璇琮等编:《全宋笔记》
第一编第五册,大象出版社 2003 年版,第 256 页。

全词围绕"辛"字展开,语言诚恳风趣,尽管托之于戏语,却能看出辛弃疾对族弟的深情关切和谆谆勉励。

2.与友人:嘲谑劝慰,推心置腹

与友人的交往是戏作词写作的主要缘由,这些词作展示了词人与朋友之间的相处,包括打趣调笑、安慰规劝、酬唱赠答三个方面。

在与朋友的交际中,打趣调侃是常见的相处方式。宇文德和甚爱香,一旦闻香,便无暇顾及其他,张元幹于是作《浣溪沙·戏简宇文德和求相香》调侃:"乞与病夫僧帐座,不妨公子醉茵眠。普熏三界扫腥膻。"[1]帐座,即固定帐杆的石墩。词人一方面以卑微之语刻意表现被宇文德和冷落的可怜姿态,只求能有个石墩坐下歇息;另一方面则夸张描写宇文德和品香的舒爽感受,在香气中参禅悟道,甚至生发出要普度三界、扫除世间腥膻之气的豪情,对比强烈,戏谑意味十足。吴文英曾作《踏莎行·敬赋草窗绝妙词》赠予周密,周密以《玲珑四犯·戏调梦窗》回之,词云:"波暖尘香,正嫩日轻阴,摇荡清昼。几日新晴,初展绮枰纹绣。年少忍负韶华,尽占断、艳歌芳酒。看翠帘、蝶舞蜂

---

[1]　唐圭璋编:《全宋词》第二册,第1086页。

喧，催趁禁烟时候。　　　杏腮红透梅钿皱。燕将归、海棠
厮句。寻芳较晚，东风约、还在刘郎后。凭问柳陌旧莺，人
比似、垂杨谁瘦。倚画阑无语，春恨远、频回首。"[1]"吴文
英约长于周密十余至二十岁，而且在当时的词坛上已有声
誉。他在致周密的赠答词中用'敬赋'二字，表达对后生
的推赏；而周密在其词中反而用'戏调'二字，并和吴文
英同称少年，以示忘年之情。这首词非常自然地体现了'二
窗'亲密无间的关系。"[2]又如周必大《朝中措·胡季怀以
〈朝中措〉为寿。八月四日，复次其韵。季怀常以宰相自期，
故每戏之。己丑》：

九重深念朔庭空。良弼梦时中。季怀有时中堂。
擢第难遵常制，筑岩直继高风。　　　明年东府，金钗
珠履，列鼎鸣钟。良酝傥分焦革，早禾休浸曹公。季怀
近送酒如醴。诘之，则云：秫名早禾酸。[3]

————————————

［1］〔宋〕周密：《蘋洲渔笛谱》，载〔宋〕周密著，杨瑞点校：《周密
集》第五册，浙江古籍出版社 2015 年版，第 29 页。

［2］金启华、萧鹏著：《周密及其词研究》，齐鲁书社 1993 年版，第
119 页。

［3］唐圭璋编：《全宋词》第三册，第 1608—1609 页。

　　题序中言明胡季怀的仕途目标是希望能当上宰相，于是词作便围绕此期望而写。上阕写皇帝求贤若渴，决定违背常制拔擢胡季怀为相，甚至筑岩刻石希望季怀能承继前代贤臣的高风亮节。下阕则先写季怀入主丞相府的豪华排场，身着华服，鸣钟庆贺，列鼎而食，尽是气派景象。继而话锋一转，以"焦革"之典故打趣胡季怀在拜相贺宴上招待词人可一定得用美酒，千万别用早禾酸酒。在调笑中表达希望胡季怀能实现仕途目标的美好祝愿。

　　友人的风流情事也常在嘲谑之列。王炎《临江仙·莫子章郎中买妾佐酒，魏倅以词戏之，次韵》二词，调侃年事已高的莫子章买了一位"月眉云鬟娟娟"[1]的年轻漂亮女子来佐酒，还露出"羞看红粉婵娟"的少年情态。《南柯子·秀叔娶妇不令人知，以小词为贺，因戏之》则打趣秀叔秘密娶妇，金屋藏娇。辛弃疾的《江城子·戏同官》和《惜奴娇·戏同官》都是嘲谑"同官"迷恋女色，深陷情网，不能自已，"拚却日高呼不起，灯半灭，酒微醺"[2]。刘铉《少年游·戏友人与女客对棋》则是戏谑友人不解风情，女客是醉翁之意不在酒，"意重子声迟"，友人却是一心扑在棋局

---

　　[1] 唐圭璋编：《全宋词》第三册，第 1857 页。
　　[2] 〔宋〕辛弃疾撰，邓广铭笺注：《稼轩词编年笺注》卷六，第 846 页。

上，"只愁收局，肠断欲输时"[1]。姜夔的《眉妩·戏张仲远》更是叙"友人情场艳遇的词"[2]，其词云：

> 看垂杨连苑，杜若侵沙，愁损未归眼。信马青楼去，重帘下，娉娉人妙飞燕。翠尊共款，听艳歌、郎意先感。便携手、月地云阶里，爱良夜微暖。　　无限风流疏散，有暗藏弓履，偷寄香翰。明日闻津鼓，湘江上、催人还解春缆。乱红万点，怅断魂、烟水遥远。又争似相携，乘一舸，镇长见。[3]

词作写了一个完整的故事。日落西山，男主人公快马加鞭赶去青楼与情人幽会。二人举杯共饮，听歌赏月，共度良宵，分别后又以暗藏绣鞋、偷寄书信的方式延续感情。但偷情终不能长久，湘江待发的旅船传来催人登舟的津鼓声。主人公想到此后要与爱人分隔两地，遂许下心愿，期望能长相厮守、永不分离。全词时间、地点、人物齐备，情节起承转合流利顺畅，"宛如一写艳遇绯闻的短篇小

---

[1] 唐圭璋编：《全宋词》第五册，第3532页。

[2] 刘乃昌著：《姜夔词新释辑评》，中国书店2001年版，第24页。

[3] 〔宋〕姜夔著，夏承焘笺校：《姜白石词编年笺校》卷一，上海古籍出版社2020年版，第18—19页。

说"[1]。

据《历代词话》载:"尧章尝寓吴兴张仲远家,仲远屡出外,其室人知书,宾客通问,必先窥来札,性颇妒。尧章戏作《百宜娇》词以遗仲远云……竟为所见。仲远归,竟莫能辨,则受其指爪损面,至不能出外云。"[2]《本事词》上的记载也大体如此。姜夔既寓居张仲远家,自然知道张妻性情善妒,且张仲远又时常外出。姜夔作此偷情词给张仲远,意在戏谑他家有悍妻还顶风作案,频繁外出与人私会偷欢。只是玩笑开得略有些过火,连累仲远被其妻抓伤面部,不能外出见人。

戏作词中对友人的安慰与规劝,更是友情真挚的体现。古代交通不便,分别后要再相聚实属不易之事。刘一止《江城子·王元渤舍人将赴吉州,因以戏之》在表达离愁别绪时也安慰王元渤"会有江山凄惋句,凭过雁,寄侬来"[3],即使分隔两地,也会有书信相寄予。在友人陷入纵酒狎妓、虚度年华的泥沼时,刘克庄写下《玉楼春·戏呈林

[1] 刘乃昌著:《姜夔词新释辑评》,第 25 页。
[2] 〔清〕王奕清:《历代词话》,载唐圭璋编:《词话丛编》第二册,第 1244—1245 页。
[3] 〔清〕刘一止著,龚景兴、蔡一平点校:《刘一止集》,浙江古籍出版社 2012 年版,第 554 页。

节推乡兄》一词规劝，"似当头棒喝，惊动非常"[1]，词曰：

> 年年跃马长安市，客舍似家家似寄。青钱换酒日
> 无何，红烛呼卢宵不寐。　　易挑锦妇机中字，难得
> 玉人心下事。男儿西北有神州，莫滴水西桥畔泪。[2]

节推，非是人名，据钱仲联先生笺注此词云："节推为
节度推官，乃帅府僚属。"[3]且刘克庄还有《送林推官》诗
亦可佐证，故以下笔者且称林节推为林某。词作先毫不
掩饰地铺写林某的浪荡生活：终日无所事事，有家不常
回，只频繁前往酒楼妓馆纵酒赌博，彻夜玩乐。随后顺势
规劝林某：首先是含蓄地批评他本末倒置，沉浸在轻易
就能得到的女子缠绵婉转的情语里，却未在心中建立男
儿该有的志向抱负，"立志"竟成为难事；紧接着以江山
国事"唤醒痴迷"[4]，当此国事衰微、时局艰难之时，大丈

---

[1]　吴熊和主编：《唐宋词汇评（两宋卷）》第四册，浙江教育出版社
2004年版，第3138页。

[2]　〔宋〕刘克庄著，钱仲联笺注：《后村词笺注》，上海古籍出版社
2012年版，第345页。

[3]　〔宋〕刘克庄著，钱仲联笺注：《后村词笺注》，第345页。

[4]　吴熊和主编：《唐宋词汇评（两宋卷）》第四册，第3138页。

夫应以收复故土、建功立业为志，岂能偎红倚翠，为儿女
情长抛洒眼泪？

　　刘克庄性情疏狂，但此规劝词却是舍弃了他粗豪肆
放、"纵横排宕"的词风，笔调温厚平和，先言其人，再言立
志，最后言国家大业，步步推进，尽显苦口婆心之态。而情
感上，则是层层铺垫，从眼下的情状到个人的得失，再到大
丈夫立身之志，一步步将词作情感推向昂扬高亢，以图能
激荡友人之心。陈廷焯赞此词"足以使懦夫有立志"[1]，
可见词人作此词规劝友人时的良苦用心。

　　刘克庄还作有一首《菩萨蛮·戏林推》，主旨与《玉楼
春》词相同，亦是规劝林某不要沉浸在浪荡生活中，可见
二人之间友情深厚。

　　最后，酬唱赠答也是词人与友人相处的重要情感联络
方式。如向子𧦬《清平乐·郑长卿资政惠以龙焙绝品。余
方酿艺林春色，恨不得持去，戏有此赠》云："艺林春色。
杯面云腴白。醉里不知天地窄。真是人间欢伯。　　风
流玉友争妍。酪奴可与忘年。空诵少陵佳句，饮中谁与俱
仙。"[2]郑长卿赠上好的茶叶给词人，词人正好也酿了艺林

---

[1]〔清〕陈廷焯：《白雨斋词话》，载唐圭璋编：《词话丛编》第四
册，第3914页。

[2]唐圭璋编：《全宋词》第二册，第963页。

春色酒,可惜不能赠予郑长卿,便在词中绘声绘色地描写
苎林春色的色泽质地及喝酒后的舒爽畅快,以词代酒,颇
有"聊赠一枝春"之意。张孝祥《丑奴儿·王公泽为予言
查山之胜,戏赠》:"十年闻说查山好,何日追游?木落霜
秋,梦想云溪不那愁。　　主人好事长留客,尊酒夷犹。
一笑登楼,兴在西峰上上头。"[1]则是感谢主人的盛情,相
约有朝一日一起登山赏景。刘克庄寿辰,徐仲晦、方蒙仲
作词贺之,刘克庄作《水龙吟·徐仲晦、方蒙仲各和余去岁
笛字韵为寿,戏答二君》:

　　行藏自决于心,不消谋及门前客。平生慕用,著
书玄晏,挂冠贞白。帝奖孤高,别加九锡,一笇双屐。
更赐之车服,胙之茅土,依稀在,槐安国。　　频领竹
宫清职,仰飞仙犹龙无迹。与谁同去,挑包徐甲,负辕
班特。蹉过明师,且寻狎友,杜康仪狄。笑谢公旷达,
暮年垂泪,听桓郎笛。[2]

上阕写理想信念:直言对于出仕隐退、行藏出处,词

---

[1]〔宋〕张孝祥撰,宛敏灏校笺:《张孝祥词校笺》,中华书局 2010
年版,第 156 页。

[2]〔宋〕刘克庄著,钱仲联笺注:《后村词笺注》,第 120 页。

人心中自有决断,平生追求的是隐居著书、朴素平常的生活。纵然皇帝给予至高无上的嘉奖,于词人而言也皆如梦境般虚无。下阕回归现实:入仕以来所任之职多是虚职,想报国却难有同路人,只得蹉跎光阴,与酒友一醉方休。结尾用典再抒心志。"桓郎笛"典出《晋书·桓伊传》:"帝召伊饮宴,安侍坐。帝命伊吹笛。伊神色无迕,即吹为一弄,乃放笛云:'臣于筝分不及笛,然自足以韵合歌管,请以筝歌,并请一吹笛人。'……伊便抚筝而歌《怨诗》曰:'为君既不易,为臣良独难。忠信事不显,乃有见疑患。周旦佐文武,《金縢》功不刊。推心辅王政,二叔反流言。'声节慷慨,俯仰可观。安泣下沾衿,乃越席而就之,捋其须曰:'使君于此不凡!'"[1]时谢安淝水之战大胜,却遭到孝武帝猜忌,桓伊所歌之诗,字字珠玑,直击谢安心中忧怨所在,遂忍不住泪湿衣襟。词人以"笑"字领此典故,看似是笑谢公一代风流名士,却未能脱俗,囿于其间;实则是戏嘲自己仿佛谢公,故作旷达,纵言"平生慕用,著书玄晏,挂冠贞白",可依然舍不下经世报国之志向,听到那抒发悲愤的桓郎笛仍会忍不住潸然泪下。全词慨叹人生经历,在

---

[1]〔唐〕房玄龄等撰,中华书局编辑部点校:《晋书》卷八一,中华书局 1974 年版,第 2118—2119 页。

对友人贺寿词的戏答中推心置腹,将心中报国而不得、归隐而不平的矛盾与哀怨和盘托出,表明心迹。

3. 与妓女:远观其人,理性疏离

唐宋歌妓制度的形成使得文人与妓女的交往空前密切,戏作词中亦有不少赠妓、戏妓之作。这些词作多描绘女子的美貌、姿态与技艺,虽立意不深,却能从中看出词人与妓女的交往态度。向子讠《浣溪沙·赵总怜以扇头来乞词,戏有此赠。赵能着棋、写字、分茶、弹琴》:"艳赵倾燕花里仙。乌丝阑写永和年。有时闲弄醒心弦。　茗碗分云微醉后,纹楸斜倚髻鬟偏。风流模样总堪怜。"[1]写赵妓外貌美艳仿若花中仙子,又富有才情,不仅擅书法,琴艺、茶艺亦不逊于人,惹人怜爱,赞赏之意显而易见。刘清夫《金菊对芙蓉·沙邑宰绾琴妓,用旧韵戏之》对琴妓的技艺亦是不吝赞美:"泛商刻羽无穷。似和鸣鸾凤,律应雌雄。问高山流水,此意谁同。个中只许知音听,有茂陵、车马雍容。"[2]既以伯牙子期之典故,又化用李贺"茂陵刘郎秋风客,夜闻马嘶晓无迹"之句盛赞琴妓技艺高超、琴音

[1] 唐圭璋编:《全宋词》第二册,第 975—976 页。
[2] 唐圭璋编:《全宋词》第四册,第 2699 页。

高妙。这些词作都表达了词人对女子的称赏,夸其容貌美丽、姿态婀娜却不显狎昵轻慢,赞其技艺精湛也用雅士之典故,可见词人对这些女子远观而不亵玩的交往态度。

对于妓女的举止行为,有些词人也从理性的角度予以评价。如周紫芝《木兰花》,其序云:"长安狭邪中,有高自标置者,客非新科不得其门,时颇称之。予尝语人曰:相马失之肥,相士失之瘦,世亦岂可以是论人物乎!戏作此词,为花衢狭客一笑。"词曰:

> 嫦娥天上人谁识。家在蓬山烟水隔。不应著意眼前人,便是登瀛当日客。　　双眸炯炯秋波滴。也解人间青与白。檀郎未摘月边枝,枉是不教花爱惜[1]

长安的一位妓女,为了抬高身价,竟然只接待新科及第的文士,时人颇为称赞,词人却从理性的角度对此行为进行批评。题序中以"相马失之肥,相士失之瘦"言明过多关注某一个方面,反倒容易错失人才,指出此举乃是谬误之举。全词亦围绕此句展开叙述。先用凡人不识天上嫦娥句批评妓女目光短浅,只着意眼前这些新及第者,却

---

[1]　唐圭璋编:《全宋词》第二册,第872页。

未曾想过蓬山烟水相隔的人，没准便是那当日的及第者。既而讽刺妓女虽眼波流转，却是妄自尊大的势利之徒，"檀郎"未能蟾宫折桂，对其便冷漠以对，再无爱惜之情。词人的批判都是基于事件的理性判断，并不因妓女身份卑微、地位低下便认为此举情有可原，也不为图热闹跟随大流，而是就事出发，因事而言。

　　这种理性有时也显得冷漠疏离。张孝祥《浣溪沙·次韵戏马梦山与妓作别[1]》云："罗袜生尘洛浦东，美人春梦琐窗空。眉山细蹙恨千重。　　海上蟠桃留结子，渥洼天马去追风。不须多怨主人公。"[2]妓女满含离愁别绪，男主人公却表现得毫不在乎。思索缘由，应是男主人公深知与妓女不过是一时玩乐，不必长情。宋代规定："阃帅、郡守等官，虽得以官妓歌舞佐酒，然不得私侍枕席。"[3]既是短暂消遣，又何必为离别伤悲，故只留一句"不须多怨主人公"便洒脱离去。男主人公的这种理智也就使得他与妓

---

　　[1]"次韵戏马梦山与妓作别"一句，《张孝祥词校笺》本无，其校记云："《文集》《百家词》题作'次韵戏马梦山与妓作别'。"故将此词归入戏作词范围。

　　[2]〔宋〕张孝祥撰，宛敏灏校笺：《张孝祥词校笺》，第83页。

　　[3]〔明〕田汝成辑撰，刘雄、尹晓宁点校：《西湖游览志余》卷二一，上海古籍出版社2018年版，第259页。

女交往的态度多了些许冷漠疏离。

二、自我内心的叙写

　　戏作词包含的内容是非常丰富的,除了与他人的社会交际外,自我内心的种种亦多有见之,词人的个人心绪与生活逸趣均在叙写范围之内。

1. 个人心绪

　　戏作词虽名戏作,似有戏语不郑重之意,但并未因此成为抒情言志的枷锁,词人们亦在其中抒发个人心绪,表达人生感慨。周紫芝《水调歌头·十月六日于仆为始生之日,戏作此词为林下一笑。世固未有自作生日词者,盖自竹坡老人始也》是词人为自己所作的生日词,其中以"此生但愿,长遣猿鹤共追随。金印借令如斗,富贵那能长久,不饮竟何为。莫问蓬莱路,从古少人知"[1]之句表达对名利的淡泊和对隐逸生活的向往。杨万里以诗闻名,然"不

---

[1]　唐圭璋编:《全宋词》第二册,第873页。

特诗有别才,即词亦有奇致"[1]。现存的八首词中,有一首戏作词《念奴娇·上章乞休致,戏作〈念奴娇〉以自贺》,词云:"老夫归去,有三径、足可长拖衫袖。一道官衔清彻骨,别有监临主守。主守清风,监临明月,兼管栽花柳。登山临水,作诗三首两首。　　休说白日升天,莫夸金印,斗大悬双肘。且说庐陵传盛事,三个闲人眉寿。拣罢军员,归农押录,致政诚斋叟。只愁醉杀,螺江门外私酒。"[2]词人想象退隐之后每日可栽种花柳,登山赏景,作诗消遣,虽不能得道飞仙,却也有好友做伴,生活平稳安逸。用语轻松诙谐,极言致仕退隐的欢乐心情。刘克庄《沁园春·五和韵狭不可复和偶读孔明传戏成》:"昔卧龙公,北走曹瞒,西克刘璋。看沙头八阵,百神呵护;渭滨一表,三代文章。绝笑渠侬,平生奸伪,死未忘情履与香。筹笔处,遣子丹引去,仲达奔忙。　　纷纷跰扈飞扬,这老子高深未易量。但纶巾指授,关河震动;灵旗征讨,夷汉宾将。到得市朝,变为陵谷,千载烝尝丞相堂。锦城外,有嗷鹏音好,古柏皮苍。"[3]"明为'戏成',实对历史伟人,特别是对一生以北

[1]〔清〕冯金伯:《词苑萃编》,载唐圭璋编:《词话丛编》第二册,第 1873 页。

[2]唐圭璋编:《全宋词》第三册,第 1665—1666 页。

[3]〔宋〕刘克庄著,钱仲联笺注:《后村词笺注》,第 195—196 页。

伐为务的诸葛亮热情赞颂,深致敬重,其中包含着自己不能北伐建功也见不到南宋北伐的复杂感情。"[1]又如张镃《临江仙》,其序云:"余年三十二,岁在甲辰。尝画七圈于纸,揭之坐右,每圈横界作十眼,岁涂其一。今已过五十有二,怅然增感,戏题此词。"词曰:

> 七个圈儿为岁数,年年用墨糊涂。一圈又剩半圈馀。看看云蔽月,三际等空虚。　纵使古稀真个得,后来争免呜呼。肯闲何必更悬车。非关轻利禄,自是没工夫。[2]

杜甫诗云:"人生七十古来稀。"词人曾画七圈以期年岁,如今涂抹得只剩下一圈半馀,由此引发对生命的感慨。一是对寿数几何的豁达。仰观轻云笼月,天际无边,而人之寿数总是有限的,就算活到古稀之年,将来也终究难免一死,故而坦然面对岁月的流逝。二是对生命意义的思索。寿数有限,富贵名利更如过眼云烟,如果愿意清闲度日就不必四处奔波,不用将心思花在这些事上面,可见词人达

---

[1]　欧阳代发、王兆鹏编著:《刘克庄词新释辑评》,中国书店 2001年版,第 252 页。

[2]　唐圭璋编:《全宋词》第三册,第 2133—2134 页。

观的人生态度。

2.生活逸趣

　　戏作词中也常展现词人日常生活中的闲情逸致。丘崈《蝶恋花·西堂竹阁，日气温然，戏作》："逼砌筼窗围小院。日照花枝，疏影重重见。金鸭无风香自暖。腊寒才比春寒浅。　　画景温温烘笔砚。闲把安西，六纸都临遍。茗碗不禁幽梦远。鹊来唤起斜阳晚。"[1]先写竹阁景色，日光照在花上，花影映在窗户上，天气温暖，场景温馨。再写词人作画、临帖、品茗，不知不觉陷入梦中，被鹊声唤起时已是黄昏时候。此词叙写日常生活小事，虽无深意，却能从中感受到词人的怡然自得、闲适安逸。张炎《踏莎行·郊行，值游女以花掷水，余得之，戏作此解》，先写游女掷花的微妙心态："芳心一点谁分付。微歌微笑蓦思量，瞥然抛与东流去。"再写词人收到花后虽不想辜负游女心意，却也不愿被儿女情长牵绊，故以刘郎自比："带润偷拈，和香密护。归时自有留连处。不随烟水不随风，不教轻把刘

---

[1]　唐圭璋编：《全宋词》第三册，第 1747 页。

郎误。"[1]词人郊行偶得游女掷的花,这本是生活中的普通小事,但词人却戏写此词解读,将得花写得深情而又遗憾,更在其中寄寓志向,尽显生活情致。又如胡惠斋《百字令·几上凝尘戏画梅一枝》:

> 小斋幽僻,久无人到此,满地狼藉。几案尘生多少憾,把玉指亲传踪迹。画出南枝,正开侧面,花蕊俱端的。可怜风韵,故人难寄消息。　　非共雪月交光,这般造化,岂费东君力。只欠清香来扑鼻,亦有天然标格。不上寒窗,不随流水,应不钿宫额。不愁三弄,只愁罗袖轻拂。[2]

小斋因地处偏僻而久无人至,于是满屋狼藉,甚至连几案上都积了厚厚一层尘土。词人见到这般景象不仅不觉厌烦,还一时兴起,用手指在尘土厚积的几案上画了一朵生动传神的梅花。细细欣赏,此花虽无清香,却自有风韵标格。"不上寒窗,不随流水,应不钿宫额",三个"不"字连用,已显露词人呵护之心。下句则直抒胸臆,不愁无

《梅花三弄》曲来赞其标格,只怕衣袖拂过,尘土纷飞,花
形受损。陋室脏乱,词人却能于尘土中画梅欣赏,更心生
怜爱之意,这是何等的闲趣雅兴。

　　除了作画、品茗、郊游外,作回文体、集句等文字游戏
也是文人日常生活中常有的雅趣。如周紫芝《鹧鸪天·重
九登醉山堂,戏集前人句作〈鹧鸪天〉,令官妓歌之,为酒
间一笑。前一首,自为之也》第二首曰:"终日看山不厌
山。寻思百计不如闲。何时得到重阳日,醉把茱萸仔细
看。　　攲醉帽,倚雕阑。偶然携酒却成欢。篱边黄菊关
心事,触误愁人到酒边。"[1]分别集了王安石《游钟山》、韩
愈《游城南十六首·遣兴》、杜甫《九日蓝田崔氏庄》和《送
路六侍御入朝》、黄庭坚《和师厚郊居示里中诸君》中的诗
句。葛长庚《八六子·戏改秦少游词》:"倚危亭。恨如芳
草,萋萋刬尽还生。念柳外青骢去后,洞中白鹤归来,恍然
暗惊。　　吾家渺在瑶京。夜月一帘花影,春风十里松鸣。
奈昨梦、前尘渐随流水,凤箫歌杳,水长天远,那堪片片飞
霞弄晚,丝丝细雨笼晴。正消凝。子规又啼数声。"[2]则是
戏改前人作品而成。秦观《八六子》词曰:"倚危亭。恨如

---

[1]　唐圭璋编:《全宋词》第二册,第 875 页。
[2]　唐圭璋编:《全宋词》第四册,第 2585 页。

芳草,萋萋刬尽还生。念柳外青骢别后,水边红袂分时,怆
然暗惊。　　　无端天与娉婷。夜月一帘幽梦,春风十里柔
情。怎奈向、欢娱渐随流水,素弦声断,翠绡香减,那堪片
片飞花弄晚,蒙蒙残雨笼晴。正销凝。黄鹂又啼数声。"[1]
葛长庚易秦词字句,改为新作,虽词境难与秦词相比,却也
反映了词人以词为戏的雅兴。

3.天地万物的戏咏

　　咏物是戏作词的一个重要类型,山水花草、人文景观
皆是词人戏咏的对象。李光《南歌子·民先兄寄野花数枝,
状似蓼而丛生。夜置几案,幽香袭人,戏成一阕》,上阕写
花:"蓼花无数满寒汀。中有一枝纤软、吐微馨。"花形似
蓼,微吐芬芳。下阕写词人观花感受:"天女维摩相对、两
忘情。"[2]夜晚有花相伴,如维摩诘见到天女,相对忘情,不
觉寂寞。词作以咏花来咏友情,让词人在深夜不觉寂寞的
不只是花,更是民先兄寄花的心意。向子䛏《如梦令》二
阕则是咏其所制的芗林秋露,仅试举其二:"谁识芗林秋
露。胜却诸天花雨。休更觅曹溪,自有个中玄路。参取。

---

[1]　唐圭璋编:《全宋词》第一册,第456页。

[2]　唐圭璋编:《全宋词》第二册,第786页。

参取。滴滴要知落处。"[1]词写芎林秋露胜过佛说法之功德,若能细品此香露领悟个中玄机,便连佛理奥义都不用再寻觅了。笔法夸张,喜爱之情溢于言表。韩元吉《南乡子·龙眼未闻有诗词者,戏为赋之》则用白描手法来写龙眼,词曰:"江路木犀天。梨枣吹风树树悬。只道荔枝无驿使,依然。赢得骊珠万颗传。　香露滴芳鲜。并蒂连枝照绮筵。惊走梧桐双睡鹊,应怜。腰底黄金作弹圆。"[2]先对比龙眼与荔枝的不同际遇:荔枝之盛名天下皆知,龙眼却埋没世间,引发读者对龙眼的好奇。再对龙眼进行详细描写,写龙眼之色泽金黄、汁水饱满、口感鲜香,不仅能并蒂连枝摆在筵席上为席面增添绮丽,也能作弹丸投掷树间鸟儿聊作趣味,可雅可俗,惹人喜爱。

辛弃疾是戏咏景物之词的主要创作者,如其《浣溪沙·与客赏山茶,一朵忽堕地,戏作》是为山茶花而作,《玉楼春·戏赋云山》是为云山而作,《念奴娇·余既为傅岩叟两梅赋词,傅君用席上有请云:家有四古梅,今百年矣,未有以品题,乞援香月堂例。欣然许之,且用前篇体制戏赋》是为傅岩家中的四古梅品题而作,《南歌子·新开池,戏作》

---

[1] 唐圭璋编:《全宋词》第二册,第 966 页。
[2] 唐圭璋编:《全宋词》第二册,第 1395 页。

是写新凿的池子。此处仅以《鹧鸪天·戏题村舍》为例分析,词云:

> 鸡鸭成群晚未收,桑麻长过屋山头。有何不可吾方羡,要底都无饱便休。　　新柳树,旧沙洲,去年溪打那边流。自言此地生儿女,不嫁余家即聘周。[1]

鸡鸭成群散养在村中,地里的桑麻茂盛得能高过房脊,村民们怡然自得,温饱满足便不再要求其他。"新柳树,旧沙洲",农村环境的变化全在这条溪流上,去年溪水流过之后,连旧日的沙洲上都长出了柳树,除此之外,再无别的大变化。村里的交际也十分简单,村里新生的儿女,将来要么是娶周家的女儿,要么是嫁给余家,人际来往毫不复杂。词人以平实直白的语言刻画了一个仿佛世外桃源的村舍,通过描写村舍朴素简单的风土人情,表达词人对田园生活的欣羡之情。

---

[1]〔宋〕辛弃疾著,邓广铭笺注:《稼轩词编年笺注》卷二,第277页。

第二节　南宋戏作词的艺术特征

一、语言轻松，进退有度

　　南宋戏作词展示了词人生活的诸多方面，题序中言词乃"戏作"，说明词人不希望词作显得过于严肃或有冒犯之意，故词作语言多轻松适当，进退有度。

　　李弥逊《水调歌头·八月十五夜集长乐堂，月大明，常岁所无，众客皆欢。戏用伯恭韵作》中"贤公子，追乐事，占鳌头。酒酣喝月、腰鼓百面打凉州。沉醉尽扶红袖，不管风摇仙掌，零露湿轻裘"[1]句，用语轻松欢乐，宴饮之乐跃然纸上。韩淲《菩萨蛮·酒半戏成》："秋林只共秋风老。秋山却笑秋吟少。恰恨有秋香。青岩秋夜凉。　　清秋须是酒。结客秋知否。醉笔写成秋。一秋无复愁。"[2]句句带"秋"，笔调轻巧，饶有趣味。不止这些格调轻快的词，

---

[1]　唐圭璋编:《全宋词》第二册，第 1050 页。
[2]　唐圭璋编:《全宋词》第四册，第 2256 页。

甚至有些抒发失望悲愤的词,亦用轻松语。如辛弃疾《西江月·江行采石岸,戏作〈渔父词〉》:"千丈悬崖削翠,一川落日镕金。白鸥来往本无心,选甚风波一任。　　别浦鱼肥堪脍,前村酒美重斟。千年往事已沉沉。闲管兴亡则甚?"[1]采石地处安徽,扼守长江天险,是兵家必争之地,自后汉时便历经战争。宋开宝七年(974),曹彬率师渡江攻取南唐;绍兴三十一年(1161),虞允文在此地邀击金国南犯之师,使南宋转危为安。词人在这样一个见证历史变革的要塞写下这首词,极具讽刺意味,末两句尤显对南宋朝廷不思故国沦陷之痛、一心沉迷江南美景佳肴的不满。但词作用语却是非常平和。先写落日江景,江岸崖壁之"翠"色、落日余晖之"金"色、鸥鸟之"白"色交相辉映,极具美感,而行人乘船畅游期间,一派祥和安闲气象。再写江行所感,江鱼肥美新鲜,前村有美酒值得畅饮,身处此番美景之中,又有美酒佳肴,只觉千年往事都已随时间埋没,何必再管兴亡之事。全词语言松弛,节奏舒缓,没有歇斯底里的呼号,而是故用反语,将一腔失望与愤恨出以平和随意,更具苍凉之感。

---

[1]〔宋〕辛弃疾撰,邓广铭笺注:《稼轩词编年笺注》卷一,第91页。

　　玩笑戏谑是人际交往中常见的交流方式,但开玩笑必须注意适度,若是过头,反倒使对方不悦。戏作词中有大量调侃他人的词,词人在写作时,对于语言的"拿捏"是极为恰当的。赵必璡《朝中措·戏赠东邻刘生再娶板桥谢女》:"橘肥梅小蜡橙黄。薄薄板桥霜。春透谢娘庭院,雅宜倚玉偎香。　　旧情如纸,新情如海,冷热心肠。谁为移根换叶,桃花自识刘郎。"[1]词人先称赞新娘谢女是娴雅宜娶的好伴侣,换头起句"旧情如纸,新情如海,冷热心肠"却直指新郎刘生的喜新厌旧、始乱终弃。邻居刘生娶妻是一桩喜事,在赠词中如此批评新郎薄情寡幸未免有些过分,新郎见到此句也必然会尴尬愠怒。于是词人紧接着便在尾句扭转局面,点明词作调笑之意,"谁为移根换叶,桃花自识刘郎",意为"谁将你的处境彻底变换呢? 兰心蕙质的女子自然认得你这在花丛中来了又去的人"。词人以此打趣刘生莫再三心二意,否则将来诨名传开,只怕难以再娶到这么好的女子为妻。既转批评之语为戏谑之语,不使新郎难堪,又不失批评意味,语意转接可谓是进退有度,自然巧妙。

---

　　[1] 唐圭璋编:《全宋词》第五册,第 3385 页。

二、用典贴切,巧妙灵活

　　"戏作"的创作心态并不影响词人对词作精工的追求,妥帖巧妙地运用典故是南宋戏作词另一个突出的艺术特点。

　　根据写作对象选择合适的典故是用典贴切的基本表现。王炎《临江仙·莫子章郎中买妾佐酒,魏倅以词戏之,次韵》其二之"莫将桃叶曲,留与世人传"[1]句用了《桃叶曲》的典故。《桃叶曲》,《隋书·五行志》与《乐府诗集》均有记载,是王献之为爱妾桃叶所作。《乐府诗集》中《清商曲辞·桃叶歌》引《古今乐录》云:"《桃叶歌》者,晋王子敬之所作也。桃叶,子敬妾名,缘于笃爱,所以歌之。"[2]王炎用此典故,既符合买妾这一事件,又戏谑莫子章别太宠爱新买的小妾,免得引来别人的玩笑议论。王炎另一首词《南柯子·秀叔娶妇不令人知,以小词为贺,因戏之》所选典故则有所不同。既是娶妻,那么往后便是一生相伴,故其中有"笑他织女夜鸣机。空与牛郎相望、不相随"句,用牛郎织女之典故,一则体现秀叔与妇感情甚笃,二则反

---

　　[1]　唐圭璋编:《全宋词》第三册,第 1857 页。

　　[2]　〔宋〕郭茂倩编:《乐府诗集》,中华书局 2017 年版,第 965 页。

衬秀叔夫妇能长相厮守之幸。辛弃疾《念奴娇·戏赠善作墨梅者》中"还似篱落孤山,嫩寒清晓,只欠香沾袖"[1]句则是化用了黄庭坚之语。据《冷斋夜话》载:"衡州花光仁老以墨为梅花,鲁直观之,叹曰:'如嫩寒春晓,行孤山篱落间,但欠香耳。'"[2]女子善作墨梅,辛弃疾便选用此与墨梅相关的典故,既贴合墨梅主题,又夸赞女子画技绝佳,画作栩栩如生,表达出对女子的欣赏之意。

灵活运用典故,更可使词作增色不少。南朝何逊写有诗《扬州法曹梅花盛开》咏梅花,杜甫据此,在其诗《和裴迪登蜀州东亭送客逢早梅相忆见寄》中作有"东阁官梅动诗兴,还如何逊在扬州"之句,此后"扬州何逊"便成为咏梅之典。周紫芝《浣溪沙·今岁冬温,近腊无雪,而梅殊未放。戏作〈浣溪沙〉三叠,以望发奇秀》第二首词中,"趁他何逊在扬州"[3]之句便是化用杜甫诗句,以何逊典故抒发词人对梅花的喜爱之情。同时,用"趁"字领句,又表露出催促梅花趁着喜爱它的词人在赶紧开放之意,点明"望

---

[1]〔宋〕辛弃疾撰,邓广铭笺注:《稼轩词编年笺注》卷三,第497页。

[2]〔宋〕惠洪撰,黄宝华整理:《冷斋夜话》,大象出版社2019年版,第67页。

[3]唐圭璋编:《全宋词》第二册,第871页。

发奇秀"的主题。第三首词中,"东昏觑得玉奴羞"[1]之句运用了东昏侯与潘玉奴的典故。东昏侯即南朝齐第六任皇帝萧宝卷,萧宝卷当皇帝时极为宠爱妃子潘玉奴,潘玉奴于是恃宠"放恣,威行远近"[2]。此句,词人自比东昏侯,将梅花比作东昏侯宠妃潘玉奴,一来表达了词人对梅花的喜爱非常,二来颇有调侃梅花之意。潘玉奴仗着东昏侯的宠爱放肆无度,梅花亦是仗着词人厚爱,任性扭捏,迟迟不开。典故运用之巧妙,由此可见。

三、词调选择,广泛多样

随着创作词人数量的增多,戏作词在词调的选择上也呈现出广泛多样的特点。

从整体上看,现存的 173 首戏作词,一共用了 72 个词调,其中小令 32 个,中调 14 个,长调 26 个。从个体上看,每个词人在选用词调时也不拘一格。如周紫芝 9 首戏作词用调 6 种;向子諲 21 首戏作词用调 10 种;韩元吉和侯寘都是 5 首戏作词用调 5 种;创作戏作词最多的辛弃疾,

---

[1]　唐圭璋编:《全宋词》第二册,第 871 页。

[2]　〔唐〕李延寿撰:《南史》卷五,中华书局 1975 年版,第 155 页。

34 首戏作词用调 19 种。并且从每个词调的词作数量看，《浣溪沙》《鹧鸪天》《临江仙》《水调歌头》《菩萨蛮》等熟调依然是词人选择的主要方向，但诸如《太常引》《惜奴娇》《一枝花》《一枝春》等不常用的词调也在词人的选择之列，可见词人选用词调的广泛性。

仔细梳理不同时期戏作词的词调选择倾向可以发现，戏作词中的小令、中调、长调并非从一开始就齐头并进。在南宋前期的戏作词中，小令占有相当大的比重。李光、张元幹创作的两首戏作词均为小令；前期创作戏作词最多的向子諲，除了《满庭芳》和《梅花引》2 首长调外，其余 19 首均为小令。南宋中期之后，中调与长调逐渐得到广泛应用。辛弃疾的 34 首戏作词中，中调与长调占比近一半。姜夔的 4 首戏作词中，中调有 1 首，长调有 2 首。还有一些作者虽然现存戏作词只有 1 首，如胡惠斋、吴文英、黄升、刘清夫、蒋捷等，但所用词调也是中调或者长调。戏作词的小令、中调、长调能逐渐呈现出较为均衡的发展局面，词人择调的广泛性与多样性是重要原因。

第二章

南宋戏作词的情感

第一节　南宋前期——高宗年间

一、隐居山林之适

靖康之变,北宋灭亡,康王赵构在南京应天府(今河南商丘)继位,是为宋高宗,南宋就此建立。建炎二年(1128),金国大举进攻南宋,登基不过数月的高宗只得携南宋朝廷仓促逃往南方。直至绍兴八年(1138),正式定都临安(今浙江杭州),南宋才进入了偏安一隅、相对稳定的境域。遭受了山河巨变的重大打击,经历了颠沛流离的逃亡生活,终于安顿下来的南渡词人们迫切地想收复故土;但高宗任用秦桧为相,采取主和政策,对于主战的臣子屡屡排斥贬谪,他们在政治功业上难有所成。故土的陷落、逃亡的艰辛、功业出路的渺茫,这三重精神压力折磨得南渡词人们心力交瘁、疲惫不堪。自然山水是他们所能找到的唯一寄托,也是唯一的精神慰藉之处,于是抒发隐逸情怀便成为这一时期戏作词的主要情感取向。

周紫芝仕途坎坷,多次应试不第,直至绍兴十二年
(1142)才中进士入朝为官。但仕途之路并没有带来多少
心灵上的快乐与满足,词人最向往的还是隐居山间。以
其《感皇恩·竹坡老人步上南冈,得堂基于孤峰绝顶间,喜
甚,戏作长短句》词为例:

> 无事小神仙,世人谁会。著甚来由自萦系。人生
> 须是,做些闲中活计。百年能几许,无多子。　　近
> 日谢天,与片闲田地。作个茅堂待打睡。酒儿熟也,
> 赢取山中一醉。人间如意事,只此是。[1]

上阕先写羡慕小神仙自由自在,想做什么、想去何处
都由自己决定。再感叹人生短暂,选择做些清闲活计便足
矣。下阕写词人向往的生活状态。词人有片田地,又得了
这么一个堂基,日后建个茅屋居住,兴来饮酒酣醉于山峰
之中,便是人间最如意的事了。词人几经周折终于以六十
一岁的高龄考中进士,想来应是心满意足,但几年仕宦,词
人最想得到的如意事还是居于山间茅屋,"酒儿熟也,赢取
山中一醉",可见其心中强烈的隐居情怀。

---

[1] 唐圭璋编:《全宋词》第二册,第890页。

向子𧦬因上章反对与金使议和,得罪秦桧,于是挂冠归隐芗林,再未出山,其戏作词中有不少词作反映了词人的隐逸心境。如《如梦令·余以岩桂为炉熏,杂以龙麝,或谓未尽其妙。有一道人授取桂华真水之法,乃神仙术也。其香着人不灭,名曰芗林秋露。李长吉诗亦云:"山头老桂吹古香。"戏作二阕,以贻好事者》二词,此二词是词人为制得的芗林秋露所写,其一之结尾"高古。高古。不著世间尘污"[1]句,借咏物抒发了词人隐居林泉之间、不与世俗同流合污的义无反顾之心。又如《西江月·吴穆仲与法喜以禅悦为乐,寄唱酬醉蓬莱示芗林居士,有"见处即已,无心即了"之句,戏作是词答之》中"欲识芗林居士,真成渔父家风。收丝垂钓月明中。总是神通妙用"[2]句。从昔年敢率潭州军民抵抗金兵的刚直臣子到如今月下垂钓仿若渔夫的隐士,词人不觉得有任何遗憾,甚至还笑言自己是神通妙用。《清平乐·岩桂盛开,戏呈韩叔夏司谏》中"而今我老芗林。世间百不关心。独喜爱香韩寿,能来同醉花阴"[3]句,用韩寿典故,表明与兴趣相投者同醉花下便是词人最喜爱的事,世间其他诸事都已不再关心。这些都体现

---

[1] 唐圭璋编:《全宋词》第二册,第 966 页。

[2] 唐圭璋编:《全宋词》第二册,第 958—959 页。

[3] 唐圭璋编:《全宋词》第二册,第 962 页。

了词人悠然自适、怡然自乐的隐逸情怀。

除了这些词人外，甚至连皇帝宋高宗也创作了《渔父词》来抒写隐逸之情。高宗《渔父词》序云："绍兴元年七月十日，余至会稽，因览黄庭坚所书张志和《渔父词》十五首，戏同其韵，赐辛永宗。"[1]作为一位乱世帝王，他写下的不是收复失地的慷慨壮词，而是一组描写渔夫闲适生活与清幽环境的《渔父词》。尽管依题序所言，高宗作此十五首词有一时兴起模仿张志和《渔父词》的巧合性，但依然能从词中看出高宗在对渔父闲旷宁静生活的向往中流露的隐逸之思。如其一："一湖春水夜来生。几叠春山远更横。烟艇小，钓丝轻。赢得闲中万古名。"[2]其十一："谁云渔父是愚翁。一叶浮家万虑空。轻破浪，细迎风。睡起篷窗日正中。"[3]其十五："清湾幽岛任盘纡。一舸横斜得自如。惟有此，更无居。从教红袖泣前鱼。"[4]这些词作描写渔夫的生活悠闲安然，还有万古声名，对比高宗仓促登基，而后不久便南迁逃亡，向往之意不言而喻。绍兴三十二年（1162），高宗以"倦勤"而想多休养为由，禅让帝位，其退

---

［1］　唐圭璋编：《全宋词》第二册，第1291页。
［2］　唐圭璋编：《全宋词》第二册，第1291页。
［3］　唐圭璋编：《全宋词》第二册，第1292页。
［4］　唐圭璋编：《全宋词》第二册，第1292页。

隐之意或可从此《渔父词》中得见焉。

二、物是人非之慨

　　经历了动乱,一路流离转徙,终于在南方安顿下来的词人们,在旧地重游时,不免在今昔对比中抒发物是人非的感慨。侯寘《风入松·西湖戏作》:"少年心醉杜韦娘。曾格外疏狂。锦笺预约西湖上,共幽深、竹院松窗。愁夜黛眉颦翠,惜归罗帕分香。　　重来一梦觉黄粱。空烟水微茫。如今眼底无姚魏,记旧游、凝伫凄凉。入扇柳风残酒,点衣花雨斜阳。"[1]词人重游西湖,回想年少疏狂时迷恋名妓、相与泛舟西湖的情景,仿佛是黄粱一梦。姚魏即姚黄魏紫,宋代洛阳两种名贵的牡丹品种。如今游西湖,眼前已无名花盛景,只见凄凉,杯中也只剩残酒。如此一番过去与现在的对比,词人心中物是人非的身世之感也即景而生。

　　靖康之变后,韩元吉随家人迁至福建。绍兴十八年(1148)以门荫入仕,离开福建;绍兴二十八年(1158)知福建建安县后,作《江神子·建安县戏赵德庄》抒发感慨。

---

[1] 唐圭璋编:《全宋词》第三册,第1428页。

词云："十年此地看花时。醉题诗。夜弹棋。湖海相逢，曾共惜芳菲。前度刘郎今度客，嗟老矣，鬓成丝。　　江梅吹尽柳桥西。雪纷飞。画船移。满眼青山，依旧带寒溪。往事如云无处问，云外月，也应知。"[1]上阕回忆十年前在建安县赏花题诗之事，"醉题诗。夜弹棋"，意气风发，何等畅快；如今重回故地，已是白发初生，"鬓成丝"。下阕再写眼前景。大雪纷飞，桥头梅花凋谢，画船移走，这些都象征着时光飞逝，人物变换，唯一不变的只有眼前的青山流水。词人将昔日意气与今夕老矣对比、动景与静景对比，感慨物换星移、往事如烟，暗含遗憾之叹。

---

[1]　唐圭璋编：《全宋词》第二册，第1396页。

第二节　中兴时期——孝宗、光宗、宁宗朝

一、升平气象之喜

中兴时期是南宋历史上的重要时期。高宗绍兴和议奠定了和平局面,孝宗则锐意进取,专以恢复为务,以"内修外攘"的治国策略着手对国家政治、经济、军事进行改革,光宗、宁宗承孝宗之志,也有进取之心。南宋社会发展进入鼎盛时期,词人亦常在戏作词中抒发升平气象之喜。

侯寘《踏莎行·壬午元宵戏呈元汝功参议》:"元夕风光,中兴时候。东风著意催梅柳。谁家银字小笙簧,倚阑度曲黄昏后。　拨雪张灯,解衣贳酒。觚棱金碧闻依旧。明年何处看升平,景龙门下灯如昼。"[1]元夕佳节,宫阙金碧辉煌,街上张灯结彩,情人相约见面,好不热闹。又化用杜甫典衣沽酒的典故描写人们对庆祝佳节的极大热情,尽显一派升平祥和之气象。周颉《朝中措·饮饯元龄诸公席

---

[1]　唐圭璋编:《全宋词》第三册,第1436页。

上戏作》："郧城清胜压湖湘。人物镇相望。秀气谁符楚泽，建安诸子文章。　　东风得意，青云路稳，好去腾骧。要识登科次第，待看北斗光芒。"[1]上阕写郧城钟灵毓秀、人杰地灵，下阕写郧城诸公此去必是青云直上，仕途通达。这种对未来抱以极大热情的期许，不正是升平之时的社会发展带给士子们的欢欣与鼓舞吗？丘崈《太常引·仲履席上戏作》："憎人虎豹守天关。嗟蜀道、十分难。说与沐猴冠。这富贵、于人怎谩。　　忘形尊俎，能言桃李，日日在东山。不醉有余欢。唱好个、风流谢安。"[2]恶人如虎豹盘踞于天险，沐猴而冠，富贵不轻易予人，而词人的友人对此并不在意。"日日在东山"和"风流谢安"都是谢安的典故。《世说新语·识鉴》："谢公在东山蓄妓，简文曰：'安石必出。既与人同乐，亦不得不与人同忧。'"刘孝标注："宋明帝《文章志》曰：'安纵心事外，疏略常节，每蓄女妓，携持游肆也。'"[3]《南齐书》卷二三《王俭传》："俭常谓人

[1]　唐圭璋编：《全宋词》第三册，第1737页。

[2]　唐圭璋编：《全宋词》第三册，第1751页。

[3]　〔南朝〕刘义庆著，(南朝)刘孝标注，余嘉锡笺疏：《世说新语笺疏》，中华书局2007年版，第478页。

曰：'江左风流宰相，唯有谢安。'盖自比也。"[1]词人用谢安的典故着力刻画了友人及其后辈潇洒的游乐生活。正是有中兴之盛世，人们才能如此肆意游乐，对靠天险得来的富贵毫不羡慕。

二、报国无门之愤

中兴的升平气象也使得爱国志士们收复失地、恢复中原的报国情绪高涨，然而，孝宗和宁宗先后发动的隆兴北伐、开禧北伐均以失利告终，帝王的收复之心逐渐动摇。并且，国家内部政局不稳。光宗惧内心理严重，又听信谗言疏远太上皇赵眘，以致大权旁落。宁宗时期，朝政先后由韩侂胄、史弥远与杨皇后把持，朝堂党争激烈，主和派与主战派党同伐异，争斗不休，一方得势便立刻打击另一方，不少志士遭到罢官贬谪。伐金战争失利、帝王锐意消减、政坛斗争惨烈导致的直接结果便是收复大业遥遥无期，满怀收复志向的词人们只能在词中倾泄报国无路、壮志难酬的失意与愤懑。

---

[1]〔南朝〕萧子显撰，中华书局编辑部点校：《南齐书》，中华书局1972年版，第436页。

隆兴北伐失利之后,孝宗逐渐倒向主和派一方。隆兴二年(1164),主战派的张孝祥被罢知建康府,后又徙知各地,有戏作词《踏莎行·长沙牡丹花极小,戏作此词,并以二枝为伯承、钦夫诸兄一觞之荐[1]》一首抒发其心志:

> 洛下根株,江南栽种,天香国色千金重。花边三阁建康春,风前十里扬州梦。 油壁轻车,青丝短鞚,看花日日催宾从。而今何许定王城?一枝且为邻翁送。[2]

三阁指南朝陈后主所建临春、结绮、望仙三阁,极为繁华奢侈。"花边三阁建康春,风前十里扬州梦"句揭露了南宋的苟安生活——沉迷奢华享乐与温柔乡中,毫无枕戈待旦之象。词人见到长沙的牡丹花,不由得回忆起昔日洛阳人们乘车骑马相约赏花的情景,可如今帝王锐意消减,偏安一隅,不知何时才能收复失地,只能以长沙牡丹花

---

[1]"长沙牡丹花极小"三句,《张孝祥词校笺》作"长〔莎〕(沙)花极小,作此词,并二枝为伯承、钦(天)〔夫〕诸兄一觞之荐"。其校记云:"《文集》题作'长沙牡丹花极小,戏作此词,并以二枝为伯承、钦夫诸兄一觞之荐'。"故将此列入戏作词范围。

[2]〔宋〕张孝祥撰,宛敏灏校笺:《张孝祥词校笺》,第58页。

来暂纾故国之思。词人收复中原的渴望、报国无门的无奈以及对统治者苟且偷安的不满溢于言表。

中兴词坛大家辛弃疾力主抗金却屡遭弹劾，甚至罢官闲居二十年，于是借戏作抒发胸中块垒，是稼轩戏作词的典型情感表达。《八声甘州·夜读〈李广传〉，不能寐，因念晁楚老、杨民瞻约同居山间，戏用李广事，赋以寄之》："故将军饮罢夜归来，长亭解雕鞍。恨灞陵醉尉，匆匆未识，桃李无言。射虎山横一骑，裂石响惊弦。落魄封侯事，岁晚田园。　　谁向桑麻杜曲，要短衣匹马，移住南山。看风流慷慨，谭笑过残年。汉开边功名万里，甚当时健者也曾闲。纱窗外，斜风细雨，一阵轻寒。"[1]词人对李广颇有惺惺相惜之意。李广胆气豪壮，矢发石裂，征战匈奴数十年，战功赫赫，却终生未被封侯，甚至还曾罢官闲居。词人当年亦是沙场征战的豪杰，起义反金，敢率五十人马袭击敌营，生擒叛徒张安国，归宋后却一直不得重用。"甚当时健者也曾闲"，词人虽以"飞将军"昔日的遭遇来安慰自己如今闲居山间的处境，可依然难以抚平心绪，无法释怀，否则也不会夜不能寐，细雨亦觉寒冷，可见词人忧愤之深。《一

[1]〔宋〕辛弃疾撰，邓广铭笺注：《稼轩词编年笺注》卷二，第297页。

枝花·醉中戏作》：“千丈擎天手，万卷悬河口。黄金腰下
印，大如斗。更千骑弓刀，挥霍遮前后。百计千方久。似
斗草儿童，赢个他家偏有。　　　算枉了，双眉长恁皱，白发
空回首。那时闲说向，山中友。看丘陇牛羊，更辨贤愚否。
且自栽花柳。怕有人来，但只道‘今朝中酒’。”[1]上阕刻
画了一个有胆有识、威风八面、力挽乾坤的英雄志士形象；
下阕却叹如今白发横生，回首往事只能徒唤奈何，官场忠
奸难辨，索性栽花种柳。一句“怕有人来，但只道‘今朝中
酒’”，道尽理想无法实现、壮志难酬的失意愤懑。

---

［1］〔宋〕辛弃疾撰，邓广铭笺注：《稼轩词编年笺注》卷三，第495
页。

第三节　南宋后期——理宗以后

一、偏安一隅之刺

宋理宗亲政之初立志中兴,但晚年却沉湎于醉生梦死的生活中,度宗荒淫更甚。宋末三帝年幼继位,不掌实权,南宋后期朝政相继落入丁大全、贾似道等奸相之手。时蒙古崛起,"端平入洛"使蒙古找到了进攻南宋的借口,宋蒙战争自此全面爆发,南宋国势危急,江河日下。彼时的当权者们却依然沉迷享乐,词人们于是在戏作词中讥刺南宋朝廷的偏安一隅与不思进取。

吴文英《瑶华·分韵得作字,戏虞宜兴》:

秋风采石,羽扇挥兵,认紫骝飞跃。江蓠塞草,应笑春、空锁凌烟高阁。凯歌奏陇,问铙鼓、新词谁作。有秀苏、来染吴香。瘦马青刍南陌。　　冰澌细响长桥,荡波底蛟腥,不浣霜锷。乌丝醉墨,红袖暖、十里湖山行乐。老仙何处，算洞府、光阴如昨。想地宽、多种桃花，艳锦东风成幄。[1]

上阕将虞允文采石战大破金兵之事与如今安于一方的当权者对比。虞允文采石大捷，战功赫赫，载入史册，却无人继承他的抗金功业。山河破碎，失地还未收复，朝廷已沉湎于享乐之中。"有秀荪、来染吴香，瘦马青刍南陌"一句中，"荪"为香草。《楚辞·九章·抽思》："荪惟荪之多怒兮。"王逸注曰："荪，香草也。以喻君。"[2]当权的达官显贵一心沉浸在吴地的香风之中，将战马空放在南郊的田野上自食青草，任其瘦弱不堪。以虞允文昔日之英姿对比眼下达官之寻欢作乐，讽刺之意显而易见。下阕讽刺文人墨客的醉生梦死。起句以"周处杀蛟"的典故表达江山亦期待有志士承继虞允文之遗风，然而现实却是文人墨客只知享乐，毫无英雄气概。"乌丝醉墨，红袖暖、十里湖山行乐"，他们或醉酒发狂，在头发上沾上墨汁妄图如张旭那样写出绝佳草书，放浪形骸；或由佳丽相伴，在西湖山水

---

[1]〔宋〕吴文英撰，孙虹、谭学纯校笺：《梦窗词集校笺》第五册，中华书局 2014 年版，第 1589 页。

[2] 黄灵庚疏证：《楚辞章句疏证》第三册，上海古籍出版社 2018 年版，第 1602 页。

畅游行乐,浑浑噩噩。此番世态让词人愤欲出世寻仙,却又知寻仙终究是空想,只好感叹索性退隐。全词毫不留情地揭露南宋朝廷偷安一方、纸醉金迷的腐朽,将对当权者不思进取、时人沉迷享乐之时局的讽刺愤怒抒发得淋漓尽致。

又如刘克庄《菩萨蛮·戏林推》:"小鬟解事高烧烛,群花围绕抟蒲局。道是五陵儿,风骚满肚皮。　　玉鞭鞭玉马,戏走章台下。笑杀灞桥翁,骑驴风雪中。"[1]先着力刻画友人花天酒地的放荡生活,而后再以郑綮"觅句霸陵道"的典故讥之。据孙光宪《北梦琐言》卷七载:"唐相国郑綮虽有诗名,本无廊庙之望。……或曰:'相国近有新诗否?'对曰:'诗思在灞桥风雪中驴子上,此处何以得之?'盖言平生苦心也。"[2]郑綮是苦吟诗人,在风雪中骑驴上灞桥是为了构思诗歌写作,而词人之友人"戏走章台下"是为了寻欢作乐。词人将友人与郑綮对比,借灞桥翁之"笑"讥刺友人的纵情声色、荒唐度日。

---

[1]〔宋〕刘克庄著,钱仲联笺注:《后村词笺注》,第366页。

[2]〔南唐〕孙光宪:《北梦琐言》,载朱易安等编:《全宋笔记》第一编第一册,大象出版社2003年版,第87—88页。

二、生活交际之乐

　　到南宋后期，戏作词创作逐渐走向衰落，尽管有刘克庄、吴文英这样的大家在戏作词中寄寓深意，但依然无法改变颓势。此时权相把持朝政，排除异己，徘徊在政治体系下层的词人们无力关注政治，遂将目光集中于日常生活上，以戏作词写生活与社会交际中的种种事宜，调笑取乐。

　　周密有《柳梢青》四词叙述他观梅画并题词的轶事，其序云："余生平爱梅，仅一再见逃禅真迹。癸酉冬，会疏清翁孤山下，出所藏《双清图》，奇悟入神，绝去笔墨畦径。卷尾，补之自书《柳梢青》四词，辞语清丽，翰札遒劲，欣然有契于心。余因戏云：'不知点胸老、放鹤翁同生一时，其清风雅韵，优劣当何如哉？'翁噱曰：'我知画而已，安与许事？君其问诸水滨！'因次韵，载名于后，庶异时开卷索笑，不为生客云。"[1] 由此序可知，这四首《柳梢青》词是周密观赏梅画后欣然而作，词中"一笑相逢，江南江北，竹

_____

　　[1]〔宋〕周密：《蘋洲渔笛谱》卷一，载〔宋〕周密著，杨瑞点校：《周密集》第五册，第 57 页。

屋山窗"[1]"最爱孤山,雪初晴后,月未残时"[2]句,表明词人无论何时何地,只要能见到梅花,便觉心中喜悦,既体现爱梅之情,也抒发词人赏梅画之乐。陈著《沁园春·单景山雪中以学佛自夸,因次韵戏抑之》:"潇洒书斋,香清缕直,灯冷晕圆。忽惊窗鸣瓦,霰如筛下,裁冰翦玉,片似花鲜。深怕妨梅,也愁折竹,才作还休亦偶然。更深也,漫题窗记瑞,诗思绵绵。　　闻君礼佛日千。浪说道繁华不值钱。想鸳衾底下,都将命乞,蒲龛里畔,未必心安。兜率天宫,清凉境界,总是由心不是缘。雪山上,自有人坐了,不到君边。"[3]先写雪景中能有诗思是"忽惊窗鸣瓦",因缘际会。再戏谑友人礼佛不过千日便"浪说道繁华不值钱",一副悟得禅机做派,却不知领悟佛理也须缘分,可见并未真正悟道。全词既展示二人友情的深厚,也体现出词人的谑趣之乐。赵必璩《鹧鸪天·戏赠黄医》:"湖海相逢尽赏音。囊中粒剂值千金。单传扁鹊卢医术,不用杨高郭玉针。　　三斛火,一壶冰。蓝桥捣熟隔云深。无方可疗相

---

[1]〔宋〕周密:《蘋洲渔笛谱》卷一,载〔宋〕周密著,杨瑞点校:《周密集》第五册,第58页。

[2]〔宋〕周密:《蘋洲渔笛谱》卷一,载〔宋〕周密著,杨瑞点校:《周密集》第五册,第59页。

[3]唐圭璋编:《全宋词》第四册,第3035页。

思病,有药难医薄幸心。"[1]词作写黄医医术高超,名传四方,囊中一粒药价值千金,但对于"相思病"与"薄幸心"却是束手无策。相思病虽以病为名,却是因情事而起的烦恼,薄幸心则是关乎人品道德,药物不能治,医者自然也无可奈何。词人以此词赠黄医,调侃之意一望而知,亦是词人生活交际乐趣的反映。

---

[1]　唐圭璋编:《全宋词》第五册,第 3385 页。

第三章

『戏作』的创作心态及产生原因

第一节 "戏作"的创作心态

　　戏,《说文解字》曰:"三军之偏也。一曰兵也。从戈虡声。"[1]"三军之偏"意为军队驻扎的一面侧翼。"一曰兵也",段玉裁注曰:"一说谓兵械之名也。引申之为戏豫,为戏谑。以兵杖可玩弄也、可相斗也。故相狎亦曰戏谑。《大雅·毛传》曰:戏豫,逸豫也。"[2]可知,戏,即有戏谑之意。但若以此判断"戏作"即意味着以戏谑的态度创作,则不尽然。通过前两章对南宋戏作词内容与情感的梳理,可以发现,题序之"戏作"所反映的创作心态并不是简单用"戏谑"一词就能概括的,而是具有多重内涵。

一、谐趣

　　谐趣包括戏谑调笑与游戏心理两方面。首先是戏谑

---

[1]〔清〕段玉裁撰:《说文解字注》,中华书局2013年版,第636页。

[2]〔清〕段玉裁撰:《说文解字注》,第636页。

调笑,戏作词自产生以来,词人在题序中用"戏"字还是多用其戏谑的本意,作词也多出于调笑。如前文所提到的周必大《朝中措·胡季怀以〈朝中措〉为寿。八月四日,复次其韵。季怀常以宰相自期,故每戏之。己丑》、王炎《临江仙·莫子章郎中买妾佐酒,魏倅以词戏之,次韵》等词,词作内容皆是就友人之事而写,情感基调也是愉悦欢快,这些戏作词题序之"戏"反映的是词人戏谑调笑的创作心态。又如辛弃疾《鹊桥仙·为人庆八十席上戏作》:"朱颜晕酒,方瞳点漆,闲傍松边倚杖。不须更展画图看,自是个寿星模样。　　今朝盛事,一杯深劝,更把新词齐唱。人间八十最风流,长贴在儿儿额上。"[1]词写寿星红光焕发、精神抖擞,戏谑寿星该依习俗将"八十"书在额间以求长生,满含祝愿之意。这里的"戏作"亦是出于席间调笑助兴而作。

其次是游戏心理。如周紫芝《浣溪沙·今岁冬温,近腊无雪,而梅殊未放。戏作〈浣溪沙〉三叠,以望发奇秀》、李处全《菩萨蛮·中秋已近,木犀未开,戏作〈菩萨蛮〉以催之。西湖有月轮山名,柳氏云,三秋桂子,山名载于图经,

---

[1]〔宋〕辛弃疾撰,邓广铭笺注:《稼轩词编年笺注》卷二,第331页。

余顷为郡掾,尝见之》,均是表达希望花儿尽快开放之意,游戏意味十足。又如向子𬤇《浣溪沙·荆公〈除日〉诗云:"爆竹声中一岁除,东风送暖入屠苏。千门万户曈曈日,争插新桃换旧符。"东坡诗云:"老去怕看新历日,退归拟学旧桃符。"古今绝唱也。吕居仁诗有"画角声中一岁除,平明更饮屠苏酒"之句,政用以为故事耳。芗林退居之十年,戏集两公诗,辄以鄙意足成〈浣溪沙〉,因书以遗灵照》:"爆竹声中一岁除。东风送暖入屠苏。曈曈晓色上林庐。　　老去怕看新历日,退归拟学旧桃符。青春不染白髭须。"[1]这是向子𬤇集王安石、苏轼诗而成的集句词,王诗写辞旧迎新,苏诗写年老心境,向子𬤇将这两首诗集为一首抒发时光荏苒之感的集句词,可见其游戏心理。

二、自谦

杜甫有诗《戏为六绝句》,钱谦益注曰:"题之曰戏,亦见其通怀商榷,不欲自以为是。"[2]即杜甫用"戏"字,是

---

[1] 唐圭璋编:《全宋词》第二册,第 960 页。

[2] 〔唐〕杜甫著,〔清〕钱谦益笺注:《钱注杜诗》,上海古籍出版社2009 年版,第 407 页。

表示自谦之意。词之"戏作"中,亦有与杜诗相同的用意。如丘崈《夜行船·和朱茶马》词,序云:"昨醉中说越上旧词,相与一笑,乃烦和章狎至,愧不可言,聊复戏作以谢。尘务满前,略无佳语,惟一过目,幸甚。"[1]丘崈称自己的词作为"戏作",即是自谦之辞,类似"拙作"。周紫芝《千秋岁·春欲去,二妙老人戏作长短句留之,为社中一笑》:"送春归去。说与愁无数。君去后,归何处。人应空懊恼,春亦无言语。寒日暮,腾腾醉梦随风絮。　尽日间庭雨。红湿秋千柱。人恨切,莺声苦。拟倾浇闷酒,留取残红树。春去也,不成不为愁人住。"[2]词写春去之愁,表达留春之意,序中言"戏作",亦是表明词人的谦虚之意。

自谦有时也与尝试之意联系在一起。向子𬤮《点绛唇·重九戏用东坡先生韵》三首词皆写愁思,如其三:"今日重阳,强挼青蕊聊开宴。我家几㽃。试上连辉观。　忆着醄池,古塔烟霄半。愁心远。情随云乱。肠断江城雁。"[3]与向子𬤮同时代的胡寅在《〈向芗林酒边集〉后序》中曾盛赞苏轼在词史上的重要地位:"及眉山苏氏一洗绮罗香泽之态,摆脱绸缪宛转之度,使人登高望远,举首高歌,而

[1] 唐圭璋编:《全宋词》第三册,第1745页。
[2] 唐圭璋编:《全宋词》第二册,第892页。
[3] 唐圭璋编:《全宋词》第二册,第965页。

逸怀浩气,超然乎尘垢之外。于是《花间》为皂隶,而柳氏为舆台矣。"[1]又言:"芗林居士步趋苏堂,而啐其醨者也。"[2]可见向子谌对苏轼的尊崇仰慕之情。向子谌此词以"戏用"题名,既表明词人是尝试用东坡之词韵写作,又体现他面对前人作品的谦虚姿态。

三、随意

"戏作"还包含漫不经心、随意而作的意味。叶梦得《雨中花慢·寒食前一日小雨,牡丹已将开,与客置酒坐中戏作》:"痛饮狂歌,百计强留,风光无奈春归。春去也,应知相赏,未忍相违。卷地风惊,争催春暮雨,顿回寒威。对黄昏萧瑟,冰肤洗尽,犹覆霞衣。 多情断了,为花狂恼,故飘万点霏微。低粉面、妆台酒散,泪颗频挥。可是盈盈有意,只应真惜分飞。拚令吹尽,明朝酒醒,忍对红稀。"[3]词人与客人将酒席置于即将开放的牡丹花丛中,喝酒赏花,抒发春光将逝的愁绪,又倾吐惜花之意。刘辰翁《汉

---

[1] 曾枣庄主编:《宋代序跋全编》卷一三四,齐鲁书社2015年版,第3788页。

[2] 曾枣庄主编:《宋代序跋全编》卷一三四,第3788页。

[3] 唐圭璋编:《全宋词》第二册,第780页。

宫春·壬午开炉日戏作》:"雨入轻寒,但新笃未试,荒了东篱。朝来暗惊翠袖,重倚屏帏。明窗丽阁,为何人、冷落多时。催重顿,妆台侧畔,画堂未怕春迟。　漫省茸香粉晕,记去年醉里,题字倾敧。红炉未深午暖,儿女成围。茶香疏处,画残灰、自说心期。容膝好,团栾分芋,前村夜雪初归。"[1]开炉日,词人回忆去年景象,抒发今昔对比的感慨。又如前文分析过的丘崈《蝶恋花·西堂竹阁,日气温然,戏作》,亦是叙写日常小事,抒发生活逸趣。这些词作一无庄重内涵,也无戏嘲意味,词人言"戏作",应是非正式、随性写就之意。

四、故作潇洒

　　故作潇洒亦是"戏作"的一个重要创作心态。如辛弃疾《行香子·博山戏呈赵昌父、韩仲止》:"少日尝闻:'富不如贫。贵不如贱者长存。'由来至乐,总属闲人。且饮瓢泉,弄秋水,看停云。　岁晚情亲,老语弥真。记前时劝我殷勤:'都休殢酒,也莫论文。把《相牛经》,种鱼法,

---

　　[1]〔宋〕刘辰翁著,吴企明校注:《刘辰翁词校注》卷二,上海古籍出版社 2015 年版,第 204 页。

教儿孙。"[1]此词作于词人罢官闲居瓢泉时期。上阕写年轻时听说富贵的人寿数不如贫贱的人,活得最快乐的总是闲人,如今自己也参透其理,在瓢泉闲看秋水流云。下阕写自己年岁渐长,已然明白好友们当初劝自己不要沉迷饮酒,也莫再上书论兵的真情劝告,决定以后要教儿孙们学习《相牛经》和种鱼法,做山间闲人。抗金是辛弃疾心中坚定不移的志向,然而南宋朝廷奉行偏安之策,词人不得重用。全词看似轻松,甚至言"把《相牛经》,种鱼法,教儿孙",表达的不是词人真的放下心中执着的志向,而是抒发词人历经坎坷仕途的无奈和报国无路的一腔孤愤。这样一首抒发忧愤的词作,词人却以"戏"题名,为的是刻意表示词人已然放下心中的坚定信念,反映的是词人故作潇洒的创作心态。

---

[1]〔宋〕辛弃疾撰,邓广铭笺注:《稼轩词编年笺注》卷四,第707页。

第二节　"戏作"心态的产生原因

一、谐谑风气

　　宋代谐谑风气盛行。北宋时,苏门六君子相互调侃戏乐传为佳话;南宋时,文人相谑之风依然不减。据《鹤林玉露》载:"尤梁溪延之,博洽工文,与杨诚斋为金石交。……二公皆善谑,延之尝曰:'有一经句,请秘监对。曰:杨氏为我。'诚斋应曰:'尤物移人。'众皆叹其敏确。诚斋戏呼延之为'蜈蚣',延之戏呼诚斋为'羊'。一日,食羊白肠。延之曰:'秘监锦心绣肠,亦为人所食乎?'诚斋笑吟曰:'有肠可食何须恨,犹胜无肠可食人。'盖蜈蚣无肠也。一坐大笑。"[1]杨万里与尤袤不仅在生活中以姓名相互打趣,还延伸到诗歌创作中,杨万里有《和尤延之见戏"触藩"之韵以寄之》一首,亦以蜈蚣调侃尤袤。到南宋后期,文人之间亦时时谐谑为乐:"近杨平舟栋以枢

---

[1]〔宋〕罗大经撰:《鹤林玉露》,中华书局1983年版,第282页。

掾出守莆田,刘克庄潜夫,弟希仁,俱以史官里居。郡集,
寓公王曜轩迈戏之云:'大编修、小编修,同赴编修之会。'
后村云:'欲属对不难,不可见怒。'王愿闻之,乃云:'前通
判、后通判,但闻通判之名。'盖王凡五得倅而不上云。王
又尝调后村云:'十兄,二十年前何其壮,二十年后何其不
壮。'刘应之曰:'二画,二十年前何其遇,二十年后何其不
遇。'此善谑也。"[1]据《宋史》,时刘克庄与其从弟皆官编
修,而王迈先为漳州通判,后又为吉州通判,二人便以对方
的官职相调侃。刘克庄所言乃是王迈的尴尬之事,但王迈
却并未恼羞成怒,而是一笑了之,"反唇相讥",可见南宋
文人之间相谑为乐的风尚。而自从苏轼突破艳科藩篱,使
词"无意不可入,无事不可言"[2]之后,词愈发成为文人士
大夫抒写内心世界的一种文体。随着南宋词坛的尊体风
尚,词在文人生活中的地位也逐渐提升,不仅抒写个人心
绪,在社交生活中的运用也越来越多,文人之间的戏谑风
气亦浸染到词的创作中,对词人的创作心态产生影响。词
人以词相戏,拉近友谊;以词戏物,自得其乐;又借戏语感

---

[1]〔宋〕周密撰,张茂鹏点校:《齐东野语》,中华书局 1983 年版,
第 322—323 页。

[2]〔清〕刘熙载撰,袁津琥校注:《艺概注稿》,中华书局 2009 年
版,第 497 页。

慨人生,聊作自我宽慰。

二、时局形势

　　靖康之变、建炎南渡,不仅让词人们的生活发生翻天覆地的变化,颠沛流离的逃亡经历也在他们的心灵上留下了深重烙印,收复失地成为百余年来南宋爱国志士们的毕生夙愿,然而时局形势却总是事与愿违。南宋初期,高宗担心军人得胜回朝专横难制,又顾虑钦宗回朝他便帝位不保,于是任用秦桧为相,削去韩世忠等抗金将领的兵权,杀害岳飞,与金达成"绍兴和议",此后一心求和苟安。孝宗继位初期,锐意收复中原,发动隆兴北伐,然而主将不和,军心涣散,战争只持续了短短二十天便宣告失败,此时的朝臣们也几无抗金之志。据《宋史全文》卷二四引《龟鉴》云:"世仇不可忘者,亦仅有张阐、胡铨二人而已。向者康伯犹不主和议,今则康伯亦附会而言和矣。盖靖康之祸日远月忘,秦桧之毒日久月深,后生晚辈不念前猷,遂以东南为正统之地,以忍耻事仇为理义之当然。"[1]朝廷局势

---

[1] 汪圣铎点校:《宋史全文》,中华书局2016年版,第2005——2006页。

如此,孝宗亦斗志消减。光宗政治才能平庸,"乾淳之治"的成果渐消,南宋开始由盛转衰。宁宗时,朝政由权相把持,韩侂胄急功近利贸然发动北伐,最终惨淡收场。理宗联蒙灭金,虽报靖康之仇,却也失去藩篱,面对迅速崛起的蒙古,"端平入洛"是南宋朝廷收复故土的最后一次尝试。此后,度宗荒淫,贾似道当政,宋末三帝年少继位,面对强大的蒙古已是自身难保,更何谈进取恢复之心。尽管南宋不乏以恢复为志的爱国志士,但孝宗之后,南宋再无政治才能出众的有志之君,偏安一方的政策在几代君臣中延续,贪图享乐的世风逐渐蔓延。

宋代"与士大夫治天下"的治国理念使得士人群体对于肩负国家兴亡的责任具有更强的自觉性与郑重性,朱熹尝言:"本朝惟范文正公振作士大夫之功为多。"[1]"范公平日胸襟豁达,毅然以天下国家为己任。"[2]他推崇范仲淹为士大夫楷模,认为范公"先天下之忧而忧,后天下之乐而乐"的高尚情怀是士大夫立身处世应有的精神追求,其观点得到士大夫们的广泛认可。"这种南宋士大夫试图以'我

---

[1]〔宋〕黎靖德编,王星贤点校:《朱子语类》卷一二九,中华书局1986年版,第3086页。

[2]〔宋〕黎靖德编,王星贤点校:《朱子语类》卷一二九,第3087页。

欲仁,斯仁至矣'的个体伦理自觉来确立个人成圣成贤的道德追求。一旦国家面临危急存亡之秋,这种知识精英成圣成贤的追求便化身舍身成仁的勇气,毁家纾难,临危受命。"[1]然而颓唐享乐之风弥漫的时局形势却成为他们舍身成仁、成圣成贤的最大阻碍。一边是心中奉为信仰的舍身为国、恢复故土的家国情怀,一边是偏安一隅、无甚斗志的残酷现实,爱国志士们不得不在身与心面临的极大冲突中找寻内心的寄托。他们或是放弃执念随波逐流,或是主动、被动地选择归隐山林,不问世事,或是在政治斗争中始终不改初衷,为收复失地奔走呼号,贬谪罢官亦不忘终生之志。这种理想失落、现实碰壁的时代困境反映在戏作词中,便是词人创作心态的复杂化。词人在题序标明"戏作"时,已不再仅仅出于戏之"戏谑"本意,而是以"戏作"叙写生活意趣来安顿身心,以"戏作"吐露心中积郁的消极倦怠,以"戏作"消解仕途失意,哪怕只能获得内心的片刻安宁。

---

[1] 范立舟著:《南宋全史(七)》,上海古籍出版社2010年版,第265页。

三、个人经历

　　个人经历是影响词人创作心态的重要因素之一。即使是同时代的词人,经历的不同亦使得他们在创作戏作词时的心态不尽相同。周紫芝屡试不第,直到六十一岁才中进士入朝为官,故听闻长安妓女为了抬高身价只接待新科及第的文士之事后,所写《木兰花·嫦娥天上人谁识》,题序言"戏作",词意却尽为批判,可见词人作词之态度。辛弃疾生于沦陷之地,青年时参加耿京起义,在烽火狼烟中率领义军一路南下归宋,成为南宋朝廷坚定不移的主战派,然而,"归正人"的尴尬身份使他难居高位,在朝堂之上亦屡遭主和派弹劾而罢官。辛弃疾作戏作词,既出于戏谑心态,又是倾注心事,借戏作自释,因此稼轩之戏作词在南宋戏作词中显得尤为特别。而这种种心态的形成,皆缘于他坎坷起伏的人生经历与终生未改的抗金志向。与辛弃疾同时代的姜夔,作戏作词的心态则全然不同,究其缘由,当是二人截然不同的人生经历所致。姜夔生于奉行求和苟安国策的高宗绍兴二十四年(1154),至孝宗隆兴北伐时不过十岁,战争的硝烟于姜夔而言是个相对遥远模糊的概念。可以说,姜夔的少年时期虽孤贫,却至少安稳。长于乾淳盛世的姜夔,尽管终生未仕,一生转徙江湖,但有萧德藻、张镃等友人的接济,中年时期的生活也并非十分困苦,故姜夔四首戏作词的情感基调多是轻快悠然,词作内容则多为戏谑友人与怀念合肥情事,可见其创作时谐谑轻松的心态。刘克庄的八首戏作词多为抒写家国情怀之作,自称"戏作"多是出于故作轻松和托戏语讽刺规劝之意,这与刘克庄的仕宦经历不无关系。刘克庄入仕不久便辞官守制,复出不过三年即遭"江湖诗祸",险些被押解上京,此后几度复出又数次被弹劾罢职。几十年沉浮起落的政治生涯使刘克庄认清了帝王的厌政怠政与权相把持下朝廷的腐朽黑暗,只能借"戏作"之名减轻"长安不见""功名未立"的悲痛。周密以门荫入仕,由于得罪贾似道,被其党羽所排斥,始终都只能奔波于权力体系下层,救世之心也日渐熄灭,故其戏作词多写生活逸趣,少有家国情怀,创作心态更显随意,可见人生经历对"戏作"心态的影响。

第四章

南宋戏作词的个案研究

第一节　南宋戏作词的个案研究概述

　　辛弃疾创作了 34 首戏作词,是南宋词人中数量最多的词人。向子𬤇写有 21 首戏作词,数量仅次于辛弃疾。向子𬤇与辛弃疾,一为南渡时期词人,一为中兴时期词人,二者的戏作词不仅具有时代特色,也有其自身的风格特点。

　　目前关于向子𬤇戏作词的研究仅有何亚静的论文《略论芗林词题序中之"戏"》,该论文从题序出发分析"戏"之内涵,对戏作词的内容及南渡前后的变化、戏作词的艺术特征却少有涉及。关于辛弃疾戏作词的研究则有汲军、应子康《辛弃疾信州生活与"戏作"词》,该论文主要研究辛弃疾闲居时期的戏作词,横向分析其内容,而未比较辛弃疾两次闲居时期创作的戏作词的变化,也未比较其任职时期与闲居时期戏作词的不同,对其晚年未作戏作词的原因亦未有分析。故以下笔者在对向子𬤇、辛弃疾的戏作词进行个案分析时,会着重分析二者之戏作词在不同时期的内容书写、戏作词的艺术特征,并探讨辛弃疾晚年未写戏作词的原因。

第二节　向子谋戏作词

　　向子谋(1085—1152),字伯恭,是北宋真宗朝宰相向敏中的五世孙,神宗皇后的再从侄。北宋末曾以恩荫补假承奉郎;宣和年间,任江淮发运司主管文字,又以直秘阁为京畿转运副使,兼发运副使。南渡后,他坚持抗金,官至户部侍郎、徽猷阁直学士。后因上章反对与金使议和,忤秦桧意,被迫辞官,隐居江西新淦芗林,自号芗林居士。

　　向子谋以南渡为界,将自己的词集《酒边词》分为两部分,上卷《江南新词》作于南宋时期,下卷《江北旧词》则是北宋政和至宣和年间所作。据笔者统计,向子谋现存戏作词有 21 首,其中《江南新词》19 首,《江北旧词》2 首,列表如下:

向子谋戏作词篇目表

	词牌	题序	数量
《江南新词》	满庭芳	岩桂风韵高古,平生心醉其间。昔转漕淮南,尝手植堂下。芗林此花为多,戏作是词,当邀徐师川诸公同赋	1

（续表）

	词牌	题序	数量
《江南新词》	虞美人	梅花盛开,走笔戏呈韩叔夏司谏	1
	鹧鸪天	旧史载白乐天归洛阳,得杨常侍旧第,有林泉之致,占一都之胜。芗林居士卜筑清江,乃杨遵道光禄故居也。昔文安先生之所可,而竹木池馆,亦甚似之。其子孙与两苏、山谷从游。所谓百花洲者,因东坡而得名,尝为绝句以纪其事。后戏广其声,为是词云	1
	鹧鸪天	戏韩叔夏	1
	鹧鸪天	曾端伯使君自处守移帅荆南,作是词戏之	1
	西江月	吴穆仲与法喜以禅悦为乐,寄唱酬醉蓬莱示芗林居士,有"见处即已,无心即了"之句,戏作是词答之	1
	浣溪沙	戏呈牧庵舅	1
	浣溪沙	荆公除日诗云:"爆竹声中一岁除,东风送暖入屠苏。千门万户瞳瞳日,争插新桃换旧符。"东坡诗云:"老去怕看新历日,退归拟学旧桃符。"古今绝唱也。吕居仁诗有"画角声中一岁除,平明更饮屠苏酒"之句,政用以为故事耳。芗林退居之十年,戏集两公诗,辄以鄙意足成《浣溪沙》,因书以遗灵照	1
	清平乐	岩桂盛开,戏呈韩叔夏司谏	1
	清平乐	郑长卿资政惠以龙焙绝品。余方酿芗林春色,恨不得持去,戏有此赠	1
	点绛唇	芗林老人,绍兴甲寅中秋,与二三禅子对月宝林山中,戏作长短句,俗呼《点绛唇》	1
	点绛唇	世传水月观音词,徐师川恶其鄙俗,戏作一首似之	1

（续表）

	词牌	题序	数量
《江南新词》	点绛唇	重九戏用东坡先生韵	3
	如梦令	余以岩桂为炉薰,杂以龙麝,或谓未尽其妙。有一道人授取桂华真水之法,乃神仙术也。其香着人不灭,名曰芗林秋露。李长吉诗亦云:"山头老桂吹古香。"戏作二阕,以贻好事者	2
	减字木兰花	梅花盛开,走笔戏呈韩叔夏	1
	减字木兰花	韩叔夏席上戏作	1
《江北旧词》	梅花引	戏代李师明作	1
	浣溪沙	赵总怜以扇头来乞词,戏有此赠。赵能着棋、写字、分茶、弹琴	1

一、向子谭戏作词的内容

1. 北宋时期

　　向子谭出身贵族,北宋时期过着诗酒风流的安逸生活,词作多为侑酒佐欢与赠妓之作,词风柔婉绮丽,"所谓承平王孙故态者耶"[1]。这一时期的两首戏作词《梅花引·

---

[1]〔清〕郭麐:《灵芬馆词话》,载唐圭璋编:《词话丛编》第二册,第1531页。

戏代李师明作》和《浣溪沙·赵总怜以扇头来乞词,戏有此赠。赵能着棋、写字、分茶、弹琴》,亦未摆脱花间范式。

《梅花引·戏代李师明作》词云:

> 花如颊。梅如叶。小时笑弄阶前月。最盈盈。最惺惺。闲愁未识、无计定深情。十年空省春风面。花落花开不相见。要相逢。得相逢。须信灵犀,中自有心通。　　同杯勺。同斟酌。千愁一醉都推却。花阴边。柳阴边。几回拟待、偷怜不成怜。伤春玉瘦慵梳掠。抛掷琵琶闲处著。莫猜疑。莫嫌迟。鸳鸯翡翠,终是一双飞。[1]

词写相思愁绪。主人公与对方少年相识,青梅竹马却分隔两地,久未谋面,思念非常,结尾表露继续等待,期盼有朝一日能双宿双飞的坚定之心。全词刻画了一段情投意合却久未相逢的恋情,抒发相思之意,是一首婉约真挚的闺情词。

《浣溪沙》则是赠妓词。歌妓乞词是宋代席间的普遍现象,赵总怜乞词人题词于扇面之上,词人遂戏作此词赠

---

[1]　唐圭璋编:《全宋词》第二册,第 969 页。

之。词意无甚深刻之处,沿袭唐五代赠妓词的传统写法,
着力描摹赵妓的外貌、才情与婀娜姿态,赞其"风流模样
总堪怜"[1]。

2. 南宋时期

经历靖康之难后,向子諲词之内容、精神,较北宋时期
有明显变化,胡寅谓:"以枯木之心,幻出葩华,酌玄酒之
尊,弃置醇味。"[2]这一时期的戏作词多作于其致仕归隐之
后,按照词作内容可分为以下几类:

一是隐居生活的叙写。绍兴九年(1139),向子諲致仕,
此后隐居江西,其归隐住处不仅与乐天昔日致仕所居之地
相似,且宅邸故主子孙还曾与苏轼从游,颇有渊源。词人
于是作《鹧鸪天》一抒隐逸情怀,其序曰:"旧史载白乐天
归洛阳,得杨常侍旧第,有林泉之致,占一都之胜。芗林居
士卜筑清江,乃杨遵道光禄故居也。昔文安先生之所可,
而竹木池馆,亦甚似之。其子孙与两苏、山谷从游。所谓
百花洲者,因东坡而得名,尝为绝句以纪其事。后戏广其
声,为是词云。"词云:

---

[1] 唐圭璋编:《全宋词》第二册,第 975—976 页。

[2] 曾枣庄主编:《宋代序跋全编》,第 3788 页。

莫问清江与洛阳。山林总是一般香。两家地占西南胜，可是前人例姓杨。　　石作枕，醉为乡。藕花菱角满池塘。虽无中岛霓裳奏，独鹤随人意自长。[1]

向子諲与白居易住宅虽在一南一北不同地方，却都地处西南，有山水林泉之景，是一方胜地，且二宅故主都姓杨，何其巧合。而芗林心慕乐天，隐居于此，仿若跨越时空与乐天产生交集，体悟当年乐天退居之心境。"石作枕，醉为乡。藕花菱角满池塘"，既是词人隐居的惬意生活，也是当年乐天致仕后的恬淡日常。欣赏满池荷花，兴来醉枕石上，遂以己之心境摹观昔年乐天之心境，故言虽无丝竹管弦奏《霓裳羽衣曲》，然有独鹤相随，亦觉意境绵长。沧海桑田，斗转星移，芗林虽不能与乐天同醉山间，但隐逸情怀却可以跨越时空的界限而心领神会。

向子諲的隐逸情怀也使得他虽是被迫辞官，却能安然处之，悠游岁月。向子諲极爱岩桂，《酒边词》中有近二十首词提及岩桂，归隐后亦与岩桂相伴。有戏作词《满庭芳》即为咏岩桂而写，其序曰："岩桂风韵高古，平生心醉其间。昔转漕淮南，尝手植堂下。芗林此花为多，戏作是词，当邀

---

[1]　唐圭璋编：《全宋词》第二册，第956—957页。

徐师川诸公同赋。"词云：

> 月窟蟠根，云岩分种，绝知不是尘凡。琉璃剪叶，金粟缀花繁。黄菊周旋避舍，友兰蕙、羞杀山樊。清香远，秋风十里，鼻观已先参。　　酒阑。听我语，平生半是，江北江南。经行处、无穷绿水青山。常被此花相恼，思共老、结屋中间。不因尔，芗林底事，游戏到人寰。[1]

上阕写岩桂生于月窟云岩，叶如琉璃，花似金粟，清香逸远，高标绝尘，不是凡间俗物。花中隐士黄菊避开它的光芒，花中君子兰蕙与它结为好友，艳丽的山茶在它面前只觉害羞惭愧，以拟人手法将岩桂与菊花、兰花、山茶对比，从侧面衬托岩桂的美丽高贵。下阕则感慨平生转徙南北，领略无数绿水青山之美景，却因想与岩桂相伴到老，于是在芗林结屋定居，游戏终老于山林之间。词人将隐居之原因归结于想与岩桂相伴，既是表达对岩桂的喜爱之情，又是词人赏花以悦心的体现。

除赏岩桂外，向子谭还亲制香露，对月参禅，戏作词中

---

[1] 唐圭璋编：《全宋词》第二册，第951—952页。

有二首《如梦令》即是咏其自制的芗林秋露。《点绛唇·芗林老人，绍兴甲寅中秋，与二三禅子对月宝林山中，戏作长短句，俗呼〈点绛唇〉》《西江月·吴穆仲与法喜以禅悦为乐，寄唱酬醉蓬莱示芗林居士，有"见处即已，无心即了"之句，戏作是词答之》《点绛唇·世传水月观音词，徐师川恶其鄙俗，戏作一首似之》则写了词人的禅悦之趣。此外，还有《浣溪沙·爆竹声中一岁除》这样集王安石、苏轼诗句的游戏之作。这些词作真实而生动地记叙了词人的隐居生活，极具悠闲自适之味。

　　二是抒发故国之思。靖康之变，宋室南迁是南渡词人心中一道难以磨灭的伤疤。向子諲归隐之后虽不问世事，却并非完全将国家命运彻底抛诸脑后，在其戏作词中，依然能感受到词人的故国之思，如《点绛唇·重九戏用东坡先生韵》其二：

　　　　病卧秋风，懒寻杯酒追欢宴。梦游都甸。不改当年观。　　故旧凋零，天下今无半。烟尘远。泪珠零乱。怕问随阳雁。[1]

---

　　[1]　唐圭璋编：《全宋词》第二册，第964—965页。

重阳节是亲人团聚的日子,而向子谨的亲人却早已死在抗金的战火中。史载,建炎二年(1128)金人犯淮宁,向子谨之兄向子韶率诸弟守城抗敌被金人所杀,其弟子褒、子家与子韶等阖门皆遇害,只有一个六岁的儿子幸存。向子谨本人亦曾于建炎三年(1129)率潭州军民抵抗金兵。亲人身死战场,自己随朝廷南渡却最终只能辞官归隐,在如此团圆节日,词人心中涌起的是对故国故土的无限思念之情。词写词人卧病在床,无意饮酒节庆,睡梦中游览昔日都城,还是当年的繁华景象。醒来面对的现实却是故土仍旧沦陷他人之手,昔日宋室天下如今所剩疆域还不足一半。然而,朝廷奉行苟安之策,狼烟烽火早已远去多年。"泪珠零乱。怕问随阳雁"道尽世事巨变,词人却无能为力的酸楚之情。

三是真挚友情的反映。向子谨赠予友人的戏作词有八首,其中有五首与韩璜有关,从这些词作中能够真切地感受到二人深厚的友谊。

韩璜,字叔夏,颍川人,累官广西提刑,知谏院。向子谨隐居芗林之时,韩璜仍在朝廷任职,不能时时相见,故多有词作相赠。梅花盛开,向子谨作有《虞美人·梅花盛开,走笔戏呈韩叔夏司谏》《减字木兰花·梅花盛开,走笔戏呈韩叔夏》;岩桂盛开,向子谨亦作《清平乐·岩桂盛开,

戏呈韩叔夏司谏》赠之。韩叔夏亦作《清平乐·向伯恭韵
木犀》唱和,词云:"秋光如水。酿作鹅黄蚁。散入千岩佳
树里。惟许修门人醉。　　轻钿重上风鬟。不禁月冷霜寒。
步障深沈归去,依然愁满江山。"[1]《减字木兰花·梅花盛
开,走笔戏呈韩叔夏》是与好友分享梅花盛开的美景,《虞
美人·梅花盛开,走笔戏呈韩叔夏司谏》则颇有意味,词
云:

> 江头苦被梅花恼。一夜霜须老。谁将冰玉比精神。
> 除是凌风却月、见天真。　　情高意远仍多思。只有
> 人相似。满城桃李不能春。独向雪花深处、露花身。[2]

　　梅花不畏风霜,凌寒盛开,高洁精神堪比冰玉,不与桃
花、李花在春天争奇斗艳,独在寒冬开放,更显谦让美德。
而梅花如此高尚的品行"只有人相似",此"人"便是指韩
叔夏。芗林此词看似写梅,实则是以赞梅之语赞好友韩璜
人品贵重,是高雅君子。
　　《清平乐·岩桂盛开,戏呈韩叔夏司谏》词更是直接表
达了词人对友人的珍惜喜爱之情,词云:

---

[1]　唐圭璋编:《全宋词》第二册,第985页。
[2]　唐圭璋编:《全宋词》第二册,第955页。

　　　　吴头楚尾。踏破芒鞋底。万壑千岩秋色里。不
　　耐恼人风味。　　　而今我老芗林。世间百不关心。
　　独喜爱香韩寿,能来同醉花阴。[1]

　　词人所隐居的江西是春秋时吴、楚两国的交界之处,
故言"吴头楚尾"。词人踏遍江西,在山间秋色中欣赏岩
桂之美。而后则感言如今隐居芗林不问世事,能与同是爱
花之人的韩叔夏一起饮酒赏花便是最乐之事。"独喜爱香
韩寿,能来同醉花阴",此句妙用了《世说新语》中"韩寿
偷香"之典故,以"韩寿"代指与词人兴趣相投的韩叔夏。
词人此言不加掩饰,其对友人的喜爱之情一览无余。

　　终于与好友相见时,向子𝗿作《减字木兰花·韩叔夏
席上戏作》,"一见风流,洗尽胸中万斛愁"[2],直言相聚之
乐。分别时,词人亦作《鹧鸪天·戏韩叔夏》叙写离愁别绪,
词曰:

　　　　只有梅花似玉容。云窗月户几尊同。见来怨眼
　　明秋水,欲去愁眉淡远峰。　　　山万叠,水千重。一

─────────────

[1] 唐圭璋编:《全宋词》第二册,第962页。
[2] 唐圭璋编:《全宋词》第二册,第968页。

双胡蝶梦能通。都将泪作梅黄雨,尽把情为柳絮风。[1]

"玉容""秋水""愁眉"这些都是形容女性的词,向子𬤇此词是以相思之情来阐释朋友之谊。起句"只有梅花似玉容"初显珍视意味,相见时短,如今即将分别,想到以后只能睹物思人,不禁泪眼模糊,愁眉难展。随即道出痴心,纵隔千山万水,也要如庄周一般在梦中化成蝴蝶与你相会。尾句"都将泪作梅黄雨,尽把情为柳絮风"极言相思心绪,真挚动人,将情感推向高潮。芗林用这般缱绻缠绵、情深入骨的相思词来表达与韩璜分别的愁绪不舍,足见二人友情之深。

二、向子𬤇戏作词的艺术特色

向子𬤇戏作词的艺术特色主要体现在以下几个方面:
一是用语平淡,禅语入词。向子𬤇戏作词用语具有浅近平淡、不多修饰的特点。如其送别曾惇所作的《鹧鸪天·曾端伯使君自处守移帅荆南,作是词戏之》,上阕"赣上人人说故侯。从来文采更风流。题诗谩道三千首,别酒须拚

---

[1]　唐圭璋编:《全宋词》第二册,第957页。

一百筹"[1]夸赞曾惚才华斐然,语言平实,通俗易懂。下阕
"乘画鹢,衣轻裘。又将春色过荆州。合江绕岸垂杨柳,总
学歌眉叶叶愁"[2]写惜别之情,感情直白,坦率真诚。又如
《减字木兰花·梅花盛开,走笔戏呈韩叔夏》中"腊前雪里。
几处梅梢初破蕊。年后江边。是处花开晚更妍"[3]句,写
梅花盛开之景象,平铺直叙,不作任何藻饰。汪东曾评向
子谨词"苦少凝炼之工"[4],虽有些严厉,却也说明了芗林
词用语平实质朴的特点。

　　向子谨喜好谈禅,佛学造诣也较高,《大慧普觉禅师语
录》中记载有向子谨请大慧宗杲为他的芗林园作偈文之
事。向子谨亦引禅语入词,如《点绛唇·芗林老人,绍兴甲
寅中秋,与二三禅子对月宝林山中,戏作长短句,俗呼〈点
绛唇〉》中"有谁同坐。妙德毗卢我"[5]句,妙德即文殊菩
萨,毗卢即释迦牟尼的法身佛。《浣溪沙·戏呈牧庵舅》中
"进步须于百尺竿。二边休立莫中安"[6]句亦是化用禅语。

---

[1]　唐圭璋编:《全宋词》第二册,第 957—958 页。

[2]　唐圭璋编:《全宋词》第二册,第 957—958 页。

[3]　唐圭璋编:《全宋词》第二册,第 968 页。

[4]　吴熊和主编:《唐宋词汇评(两宋卷)》第二册,第 1469 页。

[5]　唐圭璋编:《全宋词》第二册,第 963 页。

[6]　唐圭璋编:《全宋词》第二册,第 960 页。

又如《如梦令·谁识芎林秋露》中，"诸天""花雨""曹溪"都是佛教语。"诸天"指佛教众神。"花雨"出自《仁王护国般若波罗蜜多经》"时无色界雨诸香华，香如须弥，华如车轮"之句，后用来赞叹佛说法之功德似散花如雨。"曹溪"则是因佛教禅宗六祖慧能在曹溪宝林寺创立禅宗南宗，传承甚广，为禅宗正统，后遂以曹溪为禅宗别称。

二是正话反说，饶有趣味。向子諲在写梅花与岩桂的词中常用"恼"字与"恼人"一词，如《满庭芳·月窟蟠根》中写岩桂"常被此花相恼，思共老、结屋中间"，《虞美人·梅花盛开，走笔戏呈韩叔夏司谏》中言"江头苦被梅花恼"，《清平乐·岩桂盛开，戏呈韩叔夏司谏》有"不耐恼人风味"句。恼，《说文解字》曰："有所恨也。"[1]恼人，则意为令人焦躁烦闷。向子諲用"恼""恼人"来形容梅花与岩桂，并非真的是厌恶梅花与岩桂，看到它们便觉心情烦闷，而是采用正话反说的方式，将"恼"变成因爱生恼，使词句语气更加强烈。明抑实扬，既让感情更加充沛，也增加词作的趣味性。

三是情感含蓄，婉约节制。就词作风格与情感而言，向子諲作于北宋时期与南宋时期的戏作词都呈现出婉约

---

[1]〔清〕段玉裁撰:《说文解字注》，第632页。

含蓄的特点,如前文所举的抒发故国之思的《点绛唇·重
九戏用东坡先生韵》其二,词人对于心中酸楚是有节制
的、含蓄的抒发,与岳飞的"壮怀激烈"、辛弃疾的怨愤难
消全然不同。并且向子諲在抒发隐逸情怀时,少有流露出
对以往功业的怀念,而是细致地描绘隐居后的生活,叙写
日常的点点滴滴。这种"世间百不关心"、完全放松的心
境也就使得词人在词中寄寓的情感不会有很强的,诸如大
悲大恨的,起伏之感,而是更有清爽平淡之风。其中真味,
需要细细品读才能体会,所谓"其味深长,耐人玩索",即
是如此。

第三节　辛弃疾戏作词

　　辛弃疾生于沦陷金国的北方，少时随耿京起义，绍兴三十二年（1162）南下归宋，一生历高宗、孝宗、光宗、宁宗四朝。范开《稼轩词序》曰："公之于词亦然：苟不得之于嬉笑，则得之于行乐；不得之于行乐，则得之于醉墨淋漓之际。"[1]可见稼轩为词是不受拘束，随性而写，这种创作态度为"戏作"提供了创作土壤，而坚定执着的抗金志向与失意坎坷的仕途经历则使辛弃疾对"戏作"寄寓了不同于任何一位南宋词人的多重情感。辛弃疾亦成为南宋乃至整个两宋时期创作戏作词数量最多的词人。

　　依据唐圭璋先生所编《全宋词》与邓广铭先生《稼轩词编年笺注》，对辛弃疾戏作词的篇目与写作时间梳理如下：

---

　　[1]〔宋〕辛弃疾撰，邓广铭笺注：《稼轩词编年笺注》附录二，第869页。

辛弃疾戏作词篇目表[1]

时期	词牌	题序	数量
江、淮、两湖时期： 起南归之初（1163） 迄宋孝宗淳熙八年（1181）	西江月	江行采石岸，戏作《渔父词》	1
带湖时期： 起宋孝宗淳熙九年（1182） 迄宋光宗绍熙三年（1192）	定风波	大醉自诸葛溪亭归，窗间有题字令戒饮者，醉中戏作	6
	鹧鸪天	戏题村舍	
	八声甘州	夜读《李广传》，不能寐，因念晁楚老、杨民瞻约同居山间，戏用李广事，赋以寄之	
	水龙吟	用瓢泉韵戏陈仁和，兼简诸葛元亮，且督和词	
	鹊桥仙	为人庆八十席上戏作	
	江神子	闻蝉蛙戏作	
七闽时期： 起宋光宗绍熙三年（1192） 迄绍熙五年（1194）	添字浣溪沙	三山戏作	3
	一枝花	醉中戏作	
	念奴娇	戏赠善作墨梅者	
瓢泉时期： 起宋光宗绍熙五年（1194） 迄宋宁宗嘉泰二年（1202）	南歌子	新开池，戏作	21

---

[1] 汲军、应子康：《辛弃疾信州生活与"戏作"词》，该论文表3《辛弃疾各个时期词序》在列举篇目时将题序中含有"戏""调""俳语"的词作均纳入其中，本文依据戏作词的定义进行调整修改，仅列举题序中含有"戏"字的词作。

（续表）

时期	词牌	题序	数量
瓢泉时期： 起宋光宗绍熙五年（1194） 迄宋宁宗嘉泰二年（1202）	添字浣溪沙	与客赏山茶,一朵忽堕地,戏作	21
	水调歌头	将迁新居不成,有感,戏作。时以病止酒,且遣去歌者,末章及之	
	玉楼春	戏赋云山	
	永遇乐	检校停云新种杉松,戏作。时欲作亲旧报书,纸笔偶为大风吹去,末章因及之	
	玉楼春	隐湖戏作	
	鹧鸪天	读渊明诗不能去手,戏作小词以送之	
	六州歌头	属得疾,暴甚,医者莫晓其状。小愈,困卧无聊,戏作以自释	
	鹧鸪天	寻菊花无有,戏作	
	玉楼春	乐令谓卫玠:"人未尝梦捣齑啖铁杵,乘车入鼠穴。"以谓世无是事故也。余谓世无是事而有是理,乐所谓无,犹云有也。戏作数语以明之	
	念奴娇	余既为傅岩叟两梅赋词,傅君用席上有请云:"家有四古梅,今百年矣,未有以品题,乞援香月堂例。"欣然许之,且用前篇体制戏赋	

（续表）

时期	词牌	题序	数量
瓢泉时期： 起宋光宗绍熙五年（1194） 迄宋宁宗嘉泰二年（1202）	浣溪沙 （3首）	偕杜叔高吴子似宿山寺戏作	21
	行香子	博山戏呈赵昌甫、韩仲止	
	鹧鸪天	有客慨然谈功名，因追念少年时事，戏作	
	菩萨蛮	重到云岩，戏徐斯远	
	临江仙	苍壁初开，传闻过实，客有来观者，意其如积翠、清风、岩石、玲珑之胜，既见之，乃独为是突兀而止也，大笑而去。主人戏下一转语，为苍壁解嘲	
	临江仙	簪花屡堕，戏作	
	永遇乐	戏赋辛字，送茂嘉十二弟赴调	
	临江仙	戏为期思詹老寿	
两浙、铅山时期： 起宋宁宗嘉泰三年（1203） 迄宋宁宗开禧三年（1207）			0
补遗	乌夜啼	戏赠籍中人	3
	江城子	戏同官	
	惜奴娇	戏同官	

从上表可知，辛弃疾现存有34首戏作词，其中大部分词作于罢官闲居期间，瓢泉时期数量最多，有21首，带湖时期则有6首。任职期间有4首戏作词，3首写于七闽时

期,1 首写于江、淮、两湖时期。除此之外,另有 3 首戏作词作年尚未确考。以下且对稼轩任职时期戏作词与闲居时期戏作词的内容情感分别进行分析。

一、辛弃疾戏作词的内容

1. 任职时期

辛弃疾任职期间共写了《西江月·江行采石岸,戏作〈渔父词〉》《添字浣溪沙·三山戏作》《一枝花·醉中戏作》和《念奴娇·戏赠善作墨梅者》4 首戏作词。除《念奴娇·戏赠善作墨梅者》是称赞女子画技精湛外,其余 3 首皆是抒怀之作,以《添字浣溪沙·三山戏作》为例,词云:

> 记得瓢泉快活时,长年耽酒更吟诗。蓦地捉将来断送,老头皮。　绕屋人扶行不得,闲窗学得鹧鸪啼。却有杜鹃能劝道:不如归![1]

宋光宗绍熙二年(1191),在瓢泉闲居将近十年的辛

---

[1]〔宋〕辛弃疾撰,邓广铭笺注:《稼轩词编年笺注》卷三,第 467页。

弃疾再度被起用为福建提点刑狱,次年赴任,此词即作于辛弃疾为官三山期间。上阕回忆在瓢泉的赋闲生活,整日饮酒吟诗,逍遥快活。据《苕溪渔隐丛话》载:"宋真宗既东封,访天下隐者。杞人杨朴能为诗,召对,自言不能。上问:'临行有人作诗送卿否?'朴曰:'惟臣妻有一首云:更无落魄耽杯酒,更莫猖狂爱咏诗。今日捉将官里去,这回断送老头皮。'上大笑,放还山。"[1]词人用杨朴之典故表明对此次出仕的不愿。下阕则是感叹自己人老不中用,在屋内行走都需要人搀扶,闲来只能在窗下学鹧鸪啼叫,又有杜鹃飞来啼鸣。《本草》谓鹧鸪啼声如云"行不得也,哥哥",杜鹃鸣声若曰"不如归去"。词人此处是借鸟语自嘲说自己不如归隐,不要做官。

词中所言归隐并非稼轩本意,而是无可奈何情绪的释放。稼轩毕生惟愿抗金,闲居十年终得复用,然而光宗毫无雄主气概,政治上无所建树,朝野上下只一味沉醉在孝宗乾淳之治的成果中,几无抗金斗志,并且稼轩的任职之地、所任官职也都与他的志向相去甚远。福建,距抗金前线远矣。提点刑狱之职,主要包括监督管理所辖州府的司

---

[1]〔宋〕胡仔纂集,廖德明校点:《苕溪渔隐丛话》,人民文学出版社1962年版,第287页。

法审判事务、审核州府卷案、前往各州县检查刑狱、举劾在刑狱方面失职的州府官员,没有一项职务是与军事相关。再者,福建安抚使林枅与稼轩并不相协,朱熹《答刘晦伯书》曾言:"林帅固贤,然近闻其与宪司不协,亦大有行不得处。"[1]可知林、辛之间多有龃龉。上无锐气斗志,自己所任官职又根本无法实现心中愿望,为官路上还多受掣肘,词人学鹧鸪啼叫"行不得",叹的是抗金大业的"行不得",福建任上的"行不得";听杜鹃鸣"不如归",嘲的是自己不如归,可见词人心中寸步难行、志向难抒的悲愤。

2.闲居时期

辛弃疾闲居期间总共写了 27 首戏作词,可分为交际应酬、叙写自我、咏物与抒发志向四类。

（1）交际应酬类

交际应酬类戏作词展现了稼轩闲居期间社会交际的不同方面。如《鹊桥仙·为人庆八十席上戏作》和《临江仙·戏为期思詹老寿》是为他人祝寿;《永遇乐·戏赋辛字,送茂嘉十二弟赴调》则是送别族弟时的谆谆叮嘱;还有与

---

[1]〔宋〕朱熹:《晦庵先生朱文公文集》,载〔宋〕朱熹撰,朱杰人、严佐之、刘永翔主编:《新订朱子全书》,上海古籍出版社 2022 年版,第 4727 页。

朋友的来往交流,如《菩萨蛮·重到云岩,戏徐斯远》:"君家玉雪花如屋,未应山下成三宿。啼鸟几曾催?西风犹未来。 山房连石径,云卧衣裳冷。倩得李延年,清歌送上天。"[1]稼轩闲居时常去云岩、博山等地郊游,此番邀请好友徐斯远同行未果,遂作词戏谑友人留恋家中娇妻不来赴约,也就错过了这山间的美景与清歌。

(2)叙写自我类

叙写自我类的戏作词则是记叙因生活事件而生的感触,既有对日常诸事的戏谈,也有面对生活压力时的自我宽慰。如《定风波·大醉自诸葛溪亭归,窗间有题字令戒饮者,醉中戏作[2]》:

昨夜山公倒载归,儿童应笑醉如泥。试与扶头浑未醒,休问,梦魂犹在葛家溪。 欲觅醉乡今古路,知处:温柔东畔白云西。起向绿窗高处看,题遍;刘

---

[1] 〔宋〕辛弃疾撰,邓广铭笺注:《稼轩词编年笺注》卷四,第748—749页。

[2] "大醉自诸葛溪亭归"三句,《稼轩词编年笺注》卷二作"大醉归自葛园,家人有痛饮之戒,故书于壁",其校记云:"四卷本乙集作'大醉自诸葛溪亭归,窗间有题字令戒饮者,醉中戏作'。"故将此词归入戏作词范围。

伶元自有贤妻。[1]

　　词人烂醉如泥，被乡亲们放在板车上倒着拖回家中，人虽然回来了，心还念着葛家溪的酒席。王绩《醉乡记》言：“醉之乡，去中国不知其几千里也。”[2]依词人看，醉乡便是家中的温柔乡。只不过醒来才发现这温柔乡里虽然没有妩媚多情的赵合德，却有在窗间题字劝他戒酒的“刘伶贤妻”。《世说新语·任诞》载：“刘伶病酒，渴甚，从妇求酒。妇捐酒毁器，涕泣谏曰：‘君饮太过，非摄生之道，必宜断之！’伶曰：‘甚善。我不能自禁，唯当祝鬼神，自誓断之耳！便可具酒肉。’妇曰：‘敬闻命。’供酒肉于神前，请伶祝誓。伶跪而祝曰：‘天生刘伶，以酒为名，一饮一斛，五斗解酲。妇人之言，慎不可听。’便引酒进肉，隗然已醉矣。”[3]词人此处是自比刘伶，以刘伶的妻子比拟劝己戒酒的妻子，既戏谑自己嗜酒如命，又流露出对妻子关心的感

　　[1]〔宋〕辛弃疾撰，邓广铭笺注：《稼轩词编年笺注》卷二，第190页。

　　[2]〔唐〕王绩著，夏连保校注：《王绩文集》，三晋出版社2016年版，第221页。

　　[3]〔南朝〕刘义庆著，〔南朝〕刘孝标注，余嘉锡笺疏：《世说新语笺疏》，第856页。

谢之意。寥寥数语便将生活中的醉酒小事写得饶有趣味又极具温情。

稼轩闲居期间身体一直多病，在词中亦有所描写，如"我病君来高歌饮，惊散楼头飞雪"（《贺新郎·同父见和，再用韵答之》）、"多病起日长人倦"（《杏花天》）、"强欲加餐竟未佳，只宜长伴病僧斋"（《添字浣溪沙·病起，独坐停云》）等。疾病缠身时，词人亦以戏作词自我排解，如《六州歌头·属得疾，暴甚，医者莫晓其状。小愈，困卧无聊，戏作以自释》：

> 晨来问疾，有鹤止庭隅。吾语汝："只三事，太愁余：病难扶，手种青松树，碍梅坞，妨花径，才数尺，如人立，却须锄。秋水堂前，曲沼明于镜，可烛眉须。被山头急雨，耕垄灌泥涂。谁使吾庐。映污渠？　叹青山好，檐外竹，遮欲尽，有还无。删竹去？吾乍可，食无鱼。爱扶疏，又欲为山计，千百虑，累吾躯。凡病此，吾过矣，子奚如？"口不能言臆对："虽卢扁药石难除。有要言妙道，往问北山愚，庶有瘳乎。"[1]

---

[1]〔宋〕辛弃疾撰，邓广铭笺注：《稼轩词编年笺注》卷四，第620—621页。

　　词人的疾病来势汹汹，医者也无法诊断，而词人则将病因归于"只三事，太愁余"。其一是词人种下的松树"碍梅坞，妨花径"，须得铲除；其二是雨水将污泥冲进了原本清澈如明镜的水池，使池水污浊不堪；其三是屋外的竹子挡住了词人观赏青山美景，词人爱竹亦爱山，于是进退两难，多虑伤身。这三件事都是生活中的小事，故药石无用，得靠"要言妙道"才能医治。词人模仿贾谊《鵩鸟赋》，采用汉赋主客问答的方式写就此词，是在问答中以"心病还须心药医"的方式来自我排解疾病带来的不适。

　　除病痛外，稼轩还面临经济的压力。稼轩落职后最初居于带湖，庆元二年（1196），带湖雪楼失火被焚之后迁居铅山。《稼轩历仕始末》载："卜居广信带湖，为煨烬所变（焚），庆元丙辰，徙居铅山县期思市瓜山之下。"[1]辛启泰《稼轩先生年谱》亦记："（宁宗庆元）二年丙辰，……所居毁于火，徙居铅山县期思市瓜山之下。"[2]雪楼被焚使稼轩遭受了重大的经济损失，面对窘迫的生活，稼轩亦以戏作词自我疏解。庆元二年夏，稼轩迁居瓢泉未成，作《水调歌头》，其序曰："将迁新居不成，有感，戏作。时以病止

　　[1]　邓广铭著：《辛弃疾传·辛稼轩年谱》，生活·读书·新知三联书店 2017 年版，第 242 页。

　　[2]　辛更儒编：《辛弃疾资料汇编》，中华书局 2005 年版，第 326 页。

酒,且遣去歌者,末章及之。"词云:

> 我亦卜居者,岁晚望三闾。昂昂千里,泛泛不作水中凫。好在书携一束,莫问家徒四壁,往日置锥无。借车载家具,家具少于车。　　舞乌有,歌亡是,饮子虚。二三子者爱我,此外故人疏。幽事欲论谁共,白鹤飞来似可,忽去复何如? 众鸟欣有托,吾亦爱吾庐。[1]

词中清晰直白地刻画了词人清贫的生活,家徒四壁,遣兴之具的歌、舞、酒亦俱无,旧日故人也疏远词人。但是词人并非要以词诉苦,词开篇即表明要承袭屈原"泛泛不作水中凫"的傲岸心志,在经济状况窘迫时,依然庆幸"好在携书一束",结尾再用陶渊明《读山海经》的语典表明自己欣然接受眼前境况,绝不会因处境艰难就改变人格追求。全词言语幽默,以戏作的方式排解生活中的郁结,不见愁苦,惟见泰然。稼轩还作有《鹧鸪天·读渊明诗不能去手,戏作小词以送之》,上阕赞陶渊明人品高尚淳朴,下阕誉其诗清新纯真。稼轩此时的生活境遇与陶渊明相似,

---

[1]〔宋〕辛弃疾撰,邓广铭笺注:《稼轩词编年笺注》卷四,第550页。

作此词既是表达对陶渊明的称赞和仰慕之情,也是以陶渊明之安贫高洁自勉;既消减生活压力,也"在嘲谑中借机表明人品"[1]。

(3)咏物类

咏物类戏作词则反映了稼轩豁达脱俗的意趣。如《玉楼春·戏赋云山》:

> 何人半夜推山去?四面浮云猜是汝。常时相对两三峰,走遍溪头无觅处。 西风瞥起云横渡,忽见东南天一柱。老僧拍手笑相夸,且喜青山依旧住。[2]

词人发现时常远望的山峰忽然不见,于是猜测是不是四面的浮云趁半夜将山峰推走了。等西风吹散白云,山峰又露了出来,词人欢喜青山还在,高兴得拍手叫好。周济尝言:"赋情独深,逐境必寤,酝酿日久,冥发妄中。虽铺叙平淡,摹绩浅近,而万感横集,五中无主。读其篇者,临渊窥鱼,意为鲂鲤,中宵惊电,罔识东西。赤子随母笑啼,

[1] 魏裕铭著:《中国古代幽默文学史论(先秦至宋)》,南京大学出版社2010年版,第461页。

[2]〔宋〕辛弃疾撰,邓广铭笺注:《稼轩词编年笺注》卷四,第569页。

乡人缘剧喜怒。"[1]此词便如周济所言,虽铺叙平淡,词意浅显,然而其中的意蕴却回味绵长。稼轩是一代英豪,有着令人敬佩的铁血丹心,而这首词却是反映了他凌云壮志之外的稚子之心。无论是"何人半夜推山去"的猜测,还是"拍手笑相夸"的喜悦,都仿佛如孩童般天真烂漫。这种童心使他在欣赏世间景物时更加豁达与脱俗。如其《临江仙·苍壁初开,传闻过实,客有来观者,意其如积翠、清风、岩石、玲珑之胜,既见之,乃独为是突兀而止也,大笑而去。主人戏下一转语,为苍壁解嘲》,苍壁虽小,词人却明白它是"有心雄泰华,无意巧玲珑"[2],既是为苍壁解嘲,也是表明己志。又如《江神子·闻蝉蛙戏作》,聒噪的蛙鸣惊扰了词人的睡眠,词人由蛙联想到官场,"借问喧天成鼓吹,良自苦,为官哪"[3],又立马以"心空喧静不争多"来豁达面对世间喧闹,不为凡尘所扰。

［1］〔清〕周济:《宋四家词选目录序论》,载唐圭璋编:《词话丛编》第二册,第1643页。

［2］〔宋〕辛弃疾撰,邓广铭笺注:《稼轩词编年笺注》卷四,第755页。

［3］〔宋〕辛弃疾撰,邓广铭笺注:《稼轩词编年笺注》卷二,第432页。

（4）抒发志向类

不同于向子谮的"而今我老芗林。世间百不关心"，稼轩虽罢官闲居，却依然不改心中志向，故其闲居期间所写戏作词亦有抒怀之作。并且，两次闲居期间所写的抒发志向类戏作词在情感表达上也有所不同。

带湖时期，词人多是借写归隐情怀来试图消解心中的愤懑，如《八声甘州·夜读〈李广传〉，不能寐，因念晁楚老、杨民瞻约同居山间，戏用李广事，赋以寄之》。李广战功赫赫，依然"落魄封侯事，岁晚田园"，词人与李广都想在军事上大展拳脚，遂以李广之境遇自我宽慰，"甚当时健者也曾闲"[1]，可依然愤懑难消，夜不能寐。又如《水龙吟·用瓢泉韵戏陈仁和，兼简诸葛元亮，且督和词》：

被公惊倒瓢泉，倒流三峡词源泻。长安纸贵，流传一字，千金争舍。割肉怀归，先生自笑，又何廉也。但衔杯莫问："人间岂有，如孺子，长贫者。"　　谁识稼轩心事，似风乎舞雩之下。回头落日，苍茫万里，尘埃野马。更想隆中，卧龙千尺，高吟才罢。倩何人与问：

──────────

[1]〔宋〕辛弃疾撰，邓广铭笺注：《稼轩词编年笺注》卷二，第297页。

　　"雷鸣瓦釜,甚黄钟哑?"[1]

　　上阕称赞陈德明(字光宗,曾作县于仁和)词作文采绝佳,时陈德明坐事失官,词人遂宽慰友人其实罪过不大,迟早会再度复职,为一国之栋梁。下阕则是写"稼轩心事",抒发个人胸怀。"风乎舞雩"出自《论语·先进》:"浴乎沂,风乎舞雩,咏而归。"[2]稼轩此处以曾点自比,表明心中的理想抱负是希望实现国泰民安,海晏河清,天下大同,如此自己才能舒心自在。因此,当稼轩遥望落日,感叹世间纷扰无定时,终于道出真正的心事——"更想隆中,卧龙千尺,高吟才罢"。稼轩非是要永居世外,而是期望帝王能像刘备重用诸葛亮那样赏识自己的才干,重用自己,然而现实却是无德无才之人占据高位。"雷鸣瓦釜,甚黄钟哑"出自《楚辞·卜居》:"黄钟毁弃,瓦釜雷鸣。谗人高张,贤士无名。吁嗟默默兮,谁知吾之廉贞!"[3]稼轩若真一心隐居,又岂会心慕卧龙、愤小人尸位素餐?言心事"似风乎舞雩之下",不过是着意模糊,以消心中郁结。

---

　　[1]　〔宋〕辛弃疾撰,邓广铭笺注:《稼轩词编年笺注》卷二,第318页。

　　[2]　杨伯峻译注:《论语译注》,中华书局2018年版,第171页。

　　[3]　黄灵庚疏证:《楚辞章句疏证》第四册,第2101—2104页。

　　瓢泉时期,词人则多以戏语刻意表达对功名的毫不在乎,故作潇洒。如《行香子·博山戏呈赵昌父、韩仲止》,词人表示已明白好友们的真情劝告,决心"把《相牛经》,种鱼法,教儿孙",让儿孙们以后做山间闲人。又如《鹧鸪天·有客慨然谈功名,因追念少年时事,戏作》:

> 壮岁旌旗拥万夫,锦襜突骑渡江初。燕兵夜娖银胡䩮,汉箭朝飞金仆姑。　　追往事,叹今吾,春风不染白髭须。却将万字平戎策,换得东家种树书![1]

　　这首词是词人再度罢官隐居瓢泉后,友人与其谈功名,词人有感而写。上阕追忆年少时率领义军抗金,后渡江归宋的往事,字词间犹见壮豪。下阕却再无豪情,感叹如今鬓生白发,闲居度日,索性将昔日所写抗金策论都拿去换种树的书籍罢了。《鹧鸪天》词"却将万字平戎策,换得东家种树书"句与《行香子》词"把《相牛经》,种鱼法,教儿孙"句可谓是异曲同工,都看似表露对功名已毫不在乎之意,实则尤显悲愤。

　　绍熙五年(1194),稼轩罢帅任,主管建宁府武夷山冲

---

　　[1]〔宋〕辛弃疾撰,邓广铭笺注:《稼轩词编年笺注》卷四,第708页。

佑观,九月降充秘阁修撰;庆元元年(1195)冬,遭弹劾落秘阁修撰职;庆元二年(1196),又罢宫观。三年内四挂弹章,所有职务均被褫夺。稼轩罢帅任回瓢泉时已五十五岁,弹劾者们的赶尽杀绝让稼轩明白,他东山再起的可能已是微乎其微,且即便有朝一日能东山再起,也不知到那时他年岁几何,是否还有机会能上阵杀敌。稼轩一生以抗金为志,归宋不久即上《美芹十论》从各方面分析抗金的军事战备及策略,后又上《九议》论兵,如今却言要将心血策论拿去换种树书,也不教儿孙定国安邦之策。这并非词人安于归隐后的田园生活,而是年岁渐老、仕途无望之下不得已的故作洒脱。王夫之曰:"以乐景写哀,以哀景写乐,一倍增其哀乐。"[1]稼轩的刻意轻松,实则是愤而戏谈,笑中带泪,更显怨恨至深!

二、辛弃疾晚年未写戏作词的原因

从辛弃疾戏作词篇目表中可以发现,辛弃疾从南归之初到闲居瓢泉的各个时期都写有戏作词,惟晚年第三次出

---

[1]〔清〕王夫之著,戴鸿森笺注:《姜斋诗话笺注》,上海古籍出版社2012年版,第10页。

仕直到逝世的两浙、铅山时期未写一首戏作词。笔者认为，这主要缘于稼轩晚年的心境。

　　一是友人相继离世的悲伤。陈亮是稼轩知交好友，二人有着共同的抗金志向，亦作词相互唱和酬赠。绍熙五年（1194），陈亮去世，稼轩悲痛不已，《祭陈同父文》言："而今而后，欲与同父憩鹅湖之清阴，酌瓢泉而共饮，长歌相答，极论世事，可复得耶？千里寓辞，知悲之无益而涕不能已，呜呼同父，尚或临监之否？"[1]之后数年间，友人马大同、陈居仁、洪迈相继离世，好友朱熹在庆元党禁中备受攻讦，病故，稼轩"为文往哭之"[2]。至开禧二年（1206），暮年结交的友人刘过也与世长辞。友人们的相继离世使稼轩倍感悲伤，晚年作词尝言"心似孤僧"（《汉宫春·答李兼善提举和章》），可见其心中孤寂与酸楚。

　　二是壮业难成的郁结。嘉泰二年（1202），党禁稍弛，韩侂胄为提高自身威望，"欲以势力蛊士大夫之心"[3]，倡议伐金，于是再度起用辛弃疾等一干主战派臣子。嘉泰三年（1203），六十四岁的稼轩再度出仕，知绍兴府兼浙东安抚使。嘉泰四年（1204），稼轩被召见，赴临安，言金国必

---

[1] 邓广铭著：《辛弃疾传·辛稼轩年谱》，第233页。
[2] 邓广铭著：《辛弃疾传·辛稼轩年谱》，第248页。
[3] 邓广铭著：《辛弃疾传·辛稼轩年谱》，第249页。

乱,强调应大力着手战备工作,用兵应"付之元老大臣,务为仓猝可以应变之计"[1],之后出知镇江府。镇江为江防冲要之地,稼轩赴任后立刻采取一系列军事举措,"屡次遣谍至金,侦查其兵骑之数,屯戍之地,将帅之姓名,帑廪之位置等。并欲于沿边招募土丁以应敌"[2]。然而稼轩的这些举措并没有获得韩侂胄的重视,韩侂胄用稼轩,实则是用其名不用其人,利用稼轩等一干主战派老臣的名号使对金作战的主张取得社会舆论的支持,又利用稼轩的军事才干使要塞之地的战备更加完善。见稼轩的军事举措稍有起色后,韩侂胄及其党羽便认为伐金大业几乎已是唾手可得的功名,怎愿与他人分享。于是开禧元年(1205),任镇江知府还不足十五个月的稼轩就再次被罢免,调离抗金前线。稼轩《玉楼春·乙丑京口奉祠西归,将至仙人矶》"直须抖擞尽尘埃,却趁新凉秋水去"[3]句,与《瑞鹧鸪·乙丑奉祠归,舟次余干赋》"郑贾正应求死鼠,叶公岂是好真

[1] 邓广铭著:《辛弃疾传·辛稼轩年谱》,第253页。

[2] 邓广铭著:《辛弃疾传·辛稼轩年谱》,第255页。

[3] 〔宋〕辛弃疾撰,邓广铭笺注:《稼轩词编年笺注》卷五,第811页。

龙"[1]句,便是隐喻韩侂胄倡议抗金是为了自身的权力功名,故而用人也不过是只用一时。此后,出尔反尔的韩侂胄差稼轩知绍兴府、两浙东路安抚使,稼轩辞免。开禧北伐,宋军溃败,韩侂胄再次令稼轩试兵部侍郎。看透韩侂胄真面目的稼轩明白,韩侂胄此次起用不过是想找人分担兵败罪责,于是再次辞免:"侂胄岂能用稼轩以立功名者乎?稼轩岂肯依侂胄以求富贵者乎?"[2]稼轩一生主张北伐,纵然年事已高,依然义无反顾地为抗金大业奔波劳碌,然而权臣当道,起用稼轩不过是图其名号,稼轩毕生志向仍是难以实现。晚年的仕宦经历,一方面令稼轩深刻认识到权相的无耻面貌,另一方面也使得稼轩心中壮志难酬的愤恨积郁更深。

友人的离世使稼轩悲伤不已,壮业难成的愤恨仍积郁在胸,"凭谁问:廉颇老矣,尚能饭否"(《永遇乐·京口北固亭怀古》),字字泣血。值此光景,要如何以"戏作"为乐,更如何以"戏作"粉饰心境?是故稼轩晚年无戏作词矣。

---

[1]〔宋〕辛弃疾撰,邓广铭笺注:《稼轩词编年笺注》卷五,第812页。

[2]邓广铭著:《辛弃疾传·辛稼轩年谱》,第282页。

三、辛弃疾戏作词的艺术特色

辛弃疾戏作词的艺术特色主要体现在以下三个方面：

一是诙谐幽默。如《永遇乐·检校停云新种杉松,戏作。时欲作亲旧报书,纸笔偶为大风吹去,末章因及之》,词人欲题书简,"霎时风怒,倒翻笔砚",词人并未生气愠怒,而是戏言"天也只教吾懒"[1],打趣这是老天爷为了让词人偷懒刻意为之,幽默之意显而易见。又如《临江仙·簪花屡堕,戏作》:

> 鼓子花开春烂熳,荒园无限思量。今朝拄杖过西乡。急呼桃叶渡,为看牡丹忙。　　不管昨宵风雨横,依然红紫成行。白头奉陪少年场。一枝簪不住,推道帽檐长。[2]

词作记叙了词人赏花之事。词人听闻牡丹花开,赏花心甚,即使拄着拐杖也要急呼姬妾快快前行,终于见到姹紫嫣红的牡丹花后,词人心中欢喜,便也如少年人一般簪花于发间。词作的幽默之处在于花朵屡屡坠落,词人便"推

---

[1]〔宋〕辛弃疾撰,邓广铭笺注:《稼轩词编年笺注》卷四,第594页。

[2]〔宋〕辛弃疾撰,邓广铭笺注:《稼轩词编年笺注》卷四,第763页。

道帽檐长"。"推"表明词人是为白发推脱罪责,故意将花朵坠落的原因归结于是帽檐太长,不仅缓解簪花屡坠的尴尬,又使得词作更具诙谐意味,读罢令人会心一笑。

二是用字用语不避俚俗。如《一枝花·醉中戏作》上阕"千丈擎天手,万卷悬河口。黄金腰下印,大如斗。更千骑弓刀,挥霍遮前后。百计千方久。似斗草儿童,赢个他家偏有"[1]中的"赢个他家偏有"句,以俗语入词,既符合斗草儿童的小孩口吻,又体现出词人的英勇豪情。又如《南歌子·新开池,戏作》:"散发披襟处,浮瓜沉李杯。涓涓流水细侵阶。凿个池儿唤个月儿来。　画栋频摇动,红蕖尽倒开。斗匀红粉照香腮。有个人人把做镜儿猜。"[2]词中"池儿""月儿""镜儿"均是口语化的称呼,稼轩将它们用进词中,既使得词作语言更加轻松有趣,又体现出对新凿的池塘的喜爱之情。

三是善用经史子集典故。稼轩填词,不仅用典颇多,而且典故选择不拘一格,经史子集皆有所取。如《水龙吟·用瓢泉韵戏陈仁和兼简诸葛元亮,且督和词》:

---

[1]〔宋〕辛弃疾撰,邓广铭笺注:《稼轩词编年笺注》卷三,第495页。

[2]〔宋〕辛弃疾撰,邓广铭笺注:《稼轩词编年笺注》卷四,第543页。

被公惊倒瓢泉，倒流三峡词源泻。长安纸贵，流传一字，千金争舍。割肉怀归，先生自笑，又何廉也。但衔杯莫问："人间岂有，如孺子，长贫者。"　谁识稼轩心事，似风乎舞雩之下。回头落日，苍茫万里，尘埃野马。更想隆中，卧龙千尺，高吟才罢。倩何人与问："雷鸣瓦釜，甚黄钟哑？"[1]

全词句句用典。"倒流"句化用杜甫《醉歌行》"词源倒流三峡水，笔阵独扫千人军"之句，"长安纸贵"则是出自《晋书·左思传》所载左思《三都赋》之事。[2]"割肉怀归"三句用了东方朔之事典，据《汉书·东方朔传》载，东方朔未待大官丞来便擅自割肉回家，又妙语回答武帝，武帝遂不再怪罪。[3]"人间岂有"三句出自《史记·陈丞相世家》，陈平少时家贫，张负欲把孙女嫁给他，其子张仲阻

────────────

［1］〔宋〕辛弃疾撰，邓广铭笺注：《稼轩词编年笺注》卷二，第318页。

［2］〔唐〕房玄龄等撰，中华书局编辑部点校：《晋书》卷九二，第2375—2377页。

［3］〔汉〕班固著，〔唐〕颜师古注，中华书局编辑部点校：《汉书》卷六五，中华书局1962年版，第2846页。

拦,张负曰:"人固有好美如陈平而长贫贱者乎?"[1]"风乎舞雩"出自《论语·先进》,"尘埃野马"出自《庄子·逍遥游》,"更想隆中"三句是诸葛亮之典故,"雷鸣瓦釜,甚黄钟哑"则是出自《楚辞·卜居》。

将上述典故来源进行分类,可以发现,《论语》属于经部,《晋书》《汉书》《史记》属于史部,《庄子》属于子部,杜甫诗与《楚辞》则属于集部。稼轩一首词,不仅化用经史子集四部之典,而且融合巧妙,句意清晰连贯,抒怀意蕴分毫未减。刘辰翁《辛稼轩词序》曰:"词至东坡,倾荡磊落,如诗如文,如天地奇观,岂与群儿雌声学语较工拙;然犹未至用经用史,牵雅颂入郑卫也。自辛稼轩前,用一语如此者必且掩口。及稼轩横竖烂熳,乃如禅宗棒喝,头头皆是;又如悲笳万鼓,平生不平事并厄酒,但觉宾主酣畅,谈不暇顾。"[2]便是对稼轩用典丰富多样且典雅端正的高度评价。

---

[1]〔汉〕司马迁撰,〔南朝宋〕裴骃集解,〔唐〕司马贞索隐,〔唐〕张守节正义,中华书局编辑部点校:《史记》卷五六,中华书局1982年版,第2052页。

[2]〔宋〕辛弃疾撰,邓广铭笺注:《稼轩词编年笺注》附录二,第873页。

结　语

　　王国维曰："诗人视一切外物,皆游戏之材料也。然其
游戏,则以热心为之。故诙谐与严重二性质,亦不可缺一
也。"[1]戏作词虽题为"戏",并非皆为游戏之作,词人亦在
其中寄寓深意,值得关注与探讨。目前学术界对于宋代戏
作词进行整体研究的比较少,本书采用文本细读法与比较
研究法,从戏作词的时代性和文本分析的角度出发,对南
宋戏作词进行整体研究。

　　南宋戏作词的内容可分为社会交际的反映、自我内心
的叙写、天地万物的戏咏三类,既展现了词人与不同人群
的交往态度,也抒发了词人的个人心绪与生活逸趣。在艺
术特征上,南宋戏作词则具有语言轻松、进退有度,用典贴
切、巧妙灵活,词调选择、广泛多样三个特点。

　　随着时代的发展,戏作词呈现出不同的情感取向。南
宋初期的高宗朝,经历战乱与逃亡的词人们心力交瘁、疲
惫不堪,抒发隐逸情怀与物是人非之慨成为这一时期戏作
词的情感取向。南宋中兴时期的孝宗、光宗、宁宗朝,社会

---

　　[1]〔清〕况周颐著,〔清〕王国维著:《蕙风词话·人间词话》,人民
文学出版社1960年版,第243页。

发展进入鼎盛时期,戏作词多表达升平气象之喜,而报国情绪高涨的爱国志士们面对奉行主和的朝廷,亦借戏作宣泄心中报国无门之愤。南宋后期理宗朝以后,国势危急,权相把持朝政,词人们一方面以戏作词讥刺朝廷的偏安一隅,另一方面也因徘徊在权力体系下层无力关注政治,遂将目光集中于日常生活上,以戏作词写生活交际之乐。

通过对戏作词内容与情感的梳理可以发现,"戏作"所反映的创作心态具有多重内涵,主要包括谐趣、自谦、随意和故作潇洒四类。从整体与个体角度出发探讨,谐谑风气、时局形势、个人经历是产生如此创作心态的重要原因。

最后在个案研究层面,选取南渡词人向子諲的戏作词与中兴词人辛弃疾的戏作词作为两个个案来深入阐释,一方面印证宏观研究,另一方面可以通过比较发现不同时代戏作词风貌的不同之处,以弥补宏观研究的不足。

参考文献

一、古籍

[1]〔宋〕张孝祥.张孝祥词校笺[M].宛敏灏,校笺.北京:中华书局,2010.

[2]〔宋〕张孝祥.于湖居士文集[M].徐鹏,校点.上海:上海古籍出版社,1980.

[3]〔宋〕范成大.石湖词[M].扬州:广陵书社,2017.

[4]〔宋〕陆游.陆游集[M].北京:中华书局,1976.

[5]〔宋〕辛弃疾.稼轩词编年笺注[M].邓广铭,笺注.上海:上海古籍出版社,2018.

[6]〔宋〕辛弃疾.辛弃疾集编年笺注[M].辛更儒,笺注.北京:中华书局,2015.

[7]〔宋〕陈亮.陈亮集[M].邓广铭,点校.石家庄:河北教育出版社,2003.

［8］〔宋〕陈亮.龙川词校笺［M］.夏承焘,校笺.上海:上海古籍出版社,1982.

［9］〔宋〕姜夔.姜白石词编年笺校［M］.夏承焘,笺校.上海:上海古籍出版社,2020.

［10］〔宋〕刘过.龙洲集［M］.上海:上海古籍出版社,1978.

［11］〔宋〕刘克庄.后村词笺注［M］.钱仲联,笺注.上海:上海古籍出版社,2012.

［12］〔宋〕黎靖德.朱子语类［M］.王星贤,点校.北京:中华书局,1986.

［13］朱熹.晦庵先生朱文公文集［M］.朱杰人,严佐之,刘永翔,主编.上海:上海古籍出版社,合肥:安徽教育出版社,2022.

［14］〔宋〕王灼.碧鸡漫志校正［M］.岳珍,校正.北京:人民文学出版社,2015.

［15］〔宋〕周密.武林旧事(插图本)［M］.李小龙,赵锐,评注.北京:中华书局,2007.

［16］〔宋〕周密.齐东野语［M］.张茂鹏,点校.北京:中华书局,1983.

［17］〔宋〕周密.癸辛杂识［M］.吴企明,点校.北京:中华书局,1988.

［18］〔宋〕陆游.老学庵笔记［M］.李剑雄,刘德权,点校.北京:中华书局,1979.

［19］〔宋〕吴自牧.梦粱录［M］.杭州:浙江人民出版社,1984.

［20］〔宋〕罗大经.鹤林玉露［M］.北京:中华书局,1983.

［21］〔元〕刘一清.钱塘遗事［M］.上海:上海古籍出版社,1985.

［22］〔元〕脱脱等.宋史［M］.北京:中华书局,1985.

［23］〔宋〕李焘.续资治通鉴长编［M］.北京:中华书局,1985.

［24］〔宋〕刘时举.续宋编年资治通鉴［M］.北京:中华书局,1985.

［25］〔宋〕李心传.建炎以来系年要录［M］.北京:中华书局,1988.

［26］〔宋〕李心传.建炎以来朝野杂记［M］.徐规,点校.北京:中华书局,2000.

［27］〔宋〕徐梦莘.三朝北盟会编［M］.上海:上海古籍出版社,1987.

［28］〔明〕陈邦瞻.宋史纪事本末［M］.北京:中华

书局,1977.

　　［29］〔清〕徐松.宋会要辑稿［M］.北京:中华书局,1987.

　　［30］汪圣铎.宋史全文［M］.北京:中华书局,2016.

　　［31］唐圭璋.全宋词［M］.北京:中华书局,1965.

　　［32］唐圭璋.词话丛编［M］.北京:中华书局,2005.

　　［33］葛渭君.词话丛编补编［M］.北京:中华书局,2013.

　　［34］朱易安,傅璇琮等.全宋笔记［M］.郑州:大象出版社,2003.

二、专著

　　［1］吴熊和.唐宋词汇评(两宋卷)［M］.杭州:浙江教育出版社,2004.

　　［2］叶嘉莹.唐宋词名家论稿［M］.北京:北京大学出版社,2014.

　　［3］叶嘉莹.南宋名家词选讲［M］.北京:北京大学出版社,2007.

　　［4］吴熊和.唐宋词通论［M］.上海:上海古籍出版

社,1989.

[5]王兆鹏.唐宋词史论[M].北京:人民文学出版社,2000.

[6]杨海明.唐宋词史[M].镇江:江苏大学出版社,2010.

[7]陶尔夫,刘敬圻.南宋词史[M].哈尔滨:北方文艺出版社,2019.

[8]沈松勤.唐宋词社会文化学研究[M].杭州:浙江大学出版社,2000.

[9]魏裕铭.中国古代幽默文学史论(先秦至宋)[M].南京:南京大学出版社,2010.

[10]王毅.中国古代俳谐词史论[M].上海:上海古籍出版社,2013.

[11]王兆鹏.宋南渡词人群体研究[M].南京:凤凰出版社,2009.

[12]刘扬忠.辛弃疾词心探微[M].济南:齐鲁书社,1990.

[13]辛更儒.辛弃疾资料汇编[M].北京:中华书局,2005.

[14]邓广铭.辛弃疾传·辛稼轩年谱[M].北京:生活·读书·新知三联书店,2017.

［15］刘乃昌.姜夔词新释辑评［M］.北京:中国书店,
2001.

［16］赵晓岚.姜夔与南宋文化［M］.北京:学苑出
版社,2001.

［17］欧阳代发,王兆鹏.刘克庄词新释辑评［M］.北
京:中国书店,2001.

［18］侯体健.刘克庄的文学世界:晚宋文学生态的
一种考察［M］.上海:复旦大学出版社,2013.

［19］金启华,萧鹏.周密及其词研究［M］.济南:齐
鲁书社,1993.

［20］王水照.宋代文学通论［M］.开封:河南大学
出版社,1997

［21］王水照,熊海英.南宋文学史［M］北京:人民
出版社,2009

［22］王运熙,顾易生.中国文学批评通史［M］.上海:
上海古籍出版社,2011.

［23］张少康.中国文学理论批评史［M］.北京:北
京大学出版社,2005.

［24］成明明.北宋馆阁与文学研究［M］.北京:中
国社会科学出版社,2007.

［25］刘尊明,王兆鹏.唐宋词的定量分析［M］.北京:

北京大学出版社,2012.

　　［26］程民生.宋代地域文化史［M］.合肥:安徽文艺出版社,2017.

　　［27］张毅.宋代文学思想史［M］.北京:中华书局,1995.

　　［28］钱谷融,鲁枢元.文学心理学［M］.上海:华东师范大学出版社,2003.

　　［29］朱光潜.文艺心理学［M］.上海:复旦大学出版社,2009.

三、学位论文

　　［1］王毅.宋代俳谐词研究［D］.南京:南京师范大学,2003.

　　［2］刘艺.宋代俳谐词的解构主义观照［D］.湘潭:湘潭大学,2008.

　　［3］蒋志琳.论宋词"以词为戏"［D］.开封:河南大学,2008.

　　［4］刘西浩.向子𬤇词研究［D］.济南:山东师范大学,2008.

　　［5］黄如玲.论宋代俳谐词与宋型文化［D］.广州:中山大学,2009.

［6］张晓宁.宋词题序研究［D］.西安：陕西师范大学,2009.

［7］郑晓欢.北宋中后期俳谐词研究［D］.曲阜：曲阜师范大学,2011.

［8］徐晶.辛弃疾谐谑词研究［D］.南昌：江西师范大学,2012.

［9］李恒.苏轼谐趣词研究［D］.长春：吉林大学,2013.

［10］何亚静.宋代戏作词研究［D］.南昌：东华理工大学,2014.

［11］张东雪.两宋俳谐词研究［D］.哈尔滨：哈尔滨师范大学,2022.

［12］张金晶.宋代俳谐词研究［D］.重庆：四川外国语大学,2023.

四、期刊论文

［1］许山河.略论刘克庄政论词和谐谑词［J］.湘潭大学学报（语言文学）,1985(S2):67-70.

［2］杨海明.浅谈宋代戏谑词［J］.苏州教育学院学刊,1986(03):92-96.

［3］李扬."有所寄兴,亦有深意"的两宋俳谐词［J］.

文史知识,1995(02):109-112.

［4］李扬.宋代俳谐词的审美形态及其嬗变［J］.人文杂志,1997(06):113-116.

［5］范学新.略论稼轩谐谑词［J］.新疆师范大学学报(哲学社会科学版),2001(04):66-69.

［6］赵晓岚.论宋词小序［J］.文学遗产,2002(06):38-49+143.

［7］刘晓珍.禅宗对俳谐词的影响［J］.中南大学学报(社会科学版),2004,10(06):782-785.

［8］汲军,应子康.试析稼轩谐戏词的美学特征［J］.江西社会科学,2005(04):81-84.

［9］王毅.且嘲风咏月常相谑——论以自然见谐趣的宋代俳谐词［J］.重庆社会科学,2005,(04):85-88.

［10］王毅.论宋代俳谐词中的《庄子》内蕴［J］.重庆社会科学,2007(01):64-68.

［11］曲向红.略论两宋俳谐词的发展及谐趣建构［J］.现代语文(文学研究版),2008(12):35-37.

［12］张晓宁.稼轩词题序研究［J］.安徽大学学报(哲学社会科学版),2009,33(02):76-82.

［13］汲军,应子康.辛弃疾信州生活与"戏作"词［J］.上饶师范学院学报,2009,29(01):1-6+10.

［14］许振,安丹丹.从谐谑词看苏轼的人文情怀［J］.温州大学学报(社会科版),2010,23(04):89－93.

［15］宋秋敏.唐宋俳谐词的"草根精神"［J］.古典文学知识,2011,(03):45－52.

［16］王毅.悲喜交融的幽默之境:金元俳谐词初探［J］.南京师范大学文学院学报,2012,(02):43－50.

［17］王毅.论稼轩词中的俳优传统［J］.社会科学,2012,(02):185－192.

［18］高畅.进而无悔 退不待年——从《酒边词》看向子諲的仕宦心态［J］.淮北师范大学学报(哲学社会科学版),2012,33(05):92－96.

［19］何亚静.略论芗林词题序中之"戏"［J］.开封大学学报,2013,27(01):31－35.

［20］李静.宋代"戏作"词的体类及其嬗变［J］.北京大学学报(哲学社会科学版),2014,51(05):70－77.

［21］李恒.苏轼谐趣词对辛弃疾词的影响［J］.文艺评论,2015,(04):91－94.

［22］涂平,潘超青.宋代俳谐文学与民间文化之关系［J］.西南民族大学学报(人文社科版),2017,38(06):177－182.

［23］刘晓萌.略论向子諲的隐逸词［J］.郑州航空工

业管理学院学报(社会科学版),2017,36(06):65-70.

[24]李恒.论苏轼贬谪经历对其谐趣词创作的影响[J].学术交流,2017,(10):193-199.

[25]刘梦凡.浅析宋徽宗时期俳谐词的发展与革新[J].东南大学学报(哲学社会科学版),2024,26(S1):136-140.

五、会议论文

[1]邓魁英.辛稼轩的俳谐词[C]//中国李清照辛弃疾学会.首届辛弃疾学术研讨会论文集.[出版者不详],1987:17.

[2]李扬.宋代俳谐词创作审美文化阐论——兼及中国传统喜剧精神的思考[C]//东方丛刊(1998年第1辑 总第二十三辑).南京师范大学中文系,1998:181-192.

[3]吴国富.辛弃疾的谐谑词与散曲的豪放[C]//上饶师范学院,铅山县人民政府.纪念辛弃疾逝世800周年学术研讨会论文汇编.九江学院学报编辑部,2007:1-5.

[4]李冬红.稼轩谐趣词的变革性[C]//中国李清照辛弃疾学会,中国词学研究会,上饶师范学院文学与新闻传播学院,辛弃疾研究网站.纪念辛弃疾诞生870周年

"辛弃疾与词学"国际学术论坛论文集.山东曲阜师范大学文学院,2010:72-75.

[5]李恒.题目或小序中标"戏""戏作"的苏轼谐趣词刍议[C]//中国词学研究会.2014中国词学国际学术研讨会论文集.吉林师范大学,2014:392-397.

[6]李恒.佛禅思想对苏轼谐趣词的影响[C]//中国词学研究会.2014中国词学国际学术研讨会论文集.吉林师范大学,2014:32-35.

附

录

附录一 南宋戏作词篇目表

作者	词牌	题序	页码	数量
廖刚	阮郎归	草堂王生以妄想天降玉牌为实事,使有司求之,既又托以梦。因戏作云。乙未云间舟中	《全宋词》第二册 702 页	1
米友仁	白雪	夜雨欲霁,晓烟既泮,则其状类此。余盖戏为潇湘写,千变万化不可名,神奇之趣,非古今画家者流也。惟是京口翟伯寿,余生平至交,昨豪夺余自秘著色袖卷,盟于天而后不复力取归。往岁挂冠神武门,居京城旧庐,以白雪词寄之,世所谓念奴娇也	《全宋词》第二册 731 页	1
叶梦得	雨中花慢	寒食前一日小雨,牡丹已将开,与客置酒坐中戏作	《全宋词》第二册 780 页	1
李光	南歌子	民先兄寄野花数枝,状似蓼而丛生。夜置几案,幽香袭人,戏成一阕	《全宋词》第二册 786 页	2
	临江仙	甲子中秋微雨,闻施君家宴,戏赠		
刘一止	江城子	王元渤舍人将赴吉州,因以戏之	《全宋词》第二册 794 页	1
周紫芝	浣溪沙（3首）	今岁冬温,近腊无雪,而梅殊未放。戏作《浣溪沙》三叠,以望发奇秀	《全宋词》第二册 871 页	9

（续表）

作者	词牌	题序	页码	数量
周紫芝	木兰花	长安狭邪中，有高自标置者，客非新科不得其门，时颇称之。予尝语人曰：相马失之肥，相士失之瘦，世亦岂可以是论人物乎！戏作此词，为花衢狭客一笑	《全宋词》第二册872页	9
	水调歌头	十月六日于仆为始生之日，戏作此词为林下一笑。世固未有自作生日词者，盖自竹坡老人始也	《全宋词》第二册873页	
	鹧鸪天（2首）	重九登醉山堂，戏集前人句作《鹧鸪天》，令官妓歌之，为酒间一笑。前一首，自为之也	《全宋词》第二册875页	
	感皇恩	竹坡老人步上南冈，得堂基于孤峰绝顶间，喜甚，戏作长短句	《全宋词》第二册890页	
	千秋岁	春欲去，二妙老人戏作长短句留之，为社中一笑	《全宋词》第二册892页	
李祁	朝中措	探梅早春亭，逾凤栖岭，至三山阁，折花而归。用欧公朝中措腔作照江梅词，寄任蕴明。蕴明尝许缘檄载侍儿见过，又有汉籍伎有目成者，因以为戏	《全宋词》第二册911页	1
向子諲	满庭芳	岩桂风韵高古，平生心醉其间。昔转漕淮南，尝手植堂下。芗林此花为多，戏作是词，当邀徐师川诸公同赋	《全宋词》第二册951—952页	21
	虞美人	梅花盛开，走笔戏呈韩叔夏司谏	《全宋词》第二册955页	
	鹧鸪天	旧史载白乐天归洛阳，得杨常侍旧第，有林泉之致，占一都之胜。芗林居士卜筑清江，乃杨遵道光禄故居也。昔文安先生之所可，而竹木池馆，亦甚似之。其子孙与两苏、山谷从游。所谓百花洲者，因东坡而得名，尝为绝句以纪其事。后戏广其声，为是词云	《全宋词》第二册956—957页	

（续表）

作者	词牌	题序	页码	数量
向子諲	鹧鸪天	戏韩叔夏	《全宋词》第二册 957 页	21
	鹧鸪天	曾端伯使君自处守移帅荆南,作是词戏之	《全宋词》第二册 957—958 页	
	西江月	吴穆仲与法喜以禅悦为乐,寄唱酬醉蓬莱示芗林居士,有"见处即已,无心即了"之句,戏作是词答之	《全宋词》第二册 958—959 页	
	浣溪沙	戏呈牧庵舅	《全宋词》第二册 960 页	
	浣溪沙	荆公除日诗云:"爆竹声中一岁除。东风送暖入屠苏。千门万户瞳瞳日,争插新桃换旧符。"东坡诗云:"老去怕看新历日,退归拟学旧桃符。"古今绝唱也。吕居仁诗有"画角声中一岁除。平明更饮屠苏酒"之句,政用以为故事耳。芗林退居之十年,戏集两公诗,辄以鄙意足成《浣溪沙》,因书以遗灵照	《全宋词》第二册 960 页	
	清平乐	岩桂盛开,戏呈韩叔夏司谏	《全宋词》第二册 962 页	
	清平乐	郑长卿资政惠以龙焙绝品。余方酿芗林春色,恨不得持去,戏有此赠	《全宋词》第二册 963 页	
	点绛唇	芗林老人,绍兴甲寅中秋,与二三禅子对月宝林山中,戏作长短句,俗呼《点绛唇》	《全宋词》第二册 963 页	
	点绛唇	世传水月观音词,徐师川恶其鄙俗,戏作一首似之	《全宋词》第二册 964 页	
	点绛唇 (3 首)	重九戏用东坡先生韵	《全宋词》第二册 964—965 页	

（续表）

作者	词牌	题序	页码	数量
向子諲	如梦令（2首）	余以岩桂为炉薰，杂以龙麝，或谓未尽其妙。有一道人授取桂华真水之法，乃神仙术也。其香着人不灭，名曰芗林秋露。李长吉诗亦云："山头老桂吹古香。"戏作二阕，以贻好事者	《全宋词》第二册965—966页	21
	减字木兰花	梅花盛开，走笔戏呈韩叔夏	《全宋词》第二册968页	
	减字木兰花	韩叔夏席上戏作	《全宋词》第二册968页	
	梅花引	戏代李师明作	《全宋词》第二册969页	
	浣溪沙	赵总怜以扇头来乞词，戏有此赠。赵能着棋、写字、分茶、弹琴	《全宋词》第二册975—976页	
李弥逊	水调歌头	八月十五夜集长乐堂，月大明，常岁所无，众客皆欢。戏用伯恭韵作	《全宋词》第二册1050页	1
张元幹	浣溪沙	戏简宇文德和求相香	《全宋词》第二册1085—1086页	2
	菩萨蛮	戏呈周介卿	《全宋词》第二册1094页	
胡铨	菩萨蛮	辛未七夕戏答张庆符	《全宋词》第二册1243页	1
赵构	渔父词	绍兴元年七月十日，余至会稽，因览黄庭坚所书张志和《渔父词》十五首，戏同其韵，赐辛永宗	《全宋词》第二册1291—1292页	15
王之望	减字木兰花	代人戏赠	《全宋词》第二册1337页	1
韩元吉	霜天晓角	夜饮武将家，有歌霜天晓角者，声调凄婉，戏为赋之	《全宋词》第二册1391页	5

（续表）

作者	词牌	题序	页码	数量
韩元吉	南乡子	龙眼未闻有诗词者，戏为赋之	《全宋词》第二册 1395 页	5
	江神子	建安县戏赵德庄	《全宋词》第二册 1396 页	
	水龙吟	夜宿化城，得张安国长短句，戏用其韵	《全宋词》第二册 1400 页	
	醉落魄	生日自戏	《全宋词》第二册 1404 页	
侯寘	风入松	西湖戏作	《全宋词》第三册 1428 页	5
	凤皇台上忆吹箫	耒阳至节戏呈同官	《全宋词》第三册 1429 页	
	青玉案	戏用贺方回韵饯别朱少章	《全宋词》第三册 1434 页	
	朝中措	建康大雪，戏呈母舅晁留守	《全宋词》第三册 1435 页	
	踏莎行	壬午元宵戏呈元汝功参议	《全宋词》第三册 1436 页	
管鉴	定风波	张子仪将赴南宫，同官移会饯别。有举"耳边听唱状元声"调子仪侍儿，子仪命足成词，戏作	《全宋词》第三册 1568 页	1
吴儆	浣溪沙	戏陈子长	《全宋词》第三册 1579 页	1
周必大	满庭芳	子中兄有安仁遗书云：将以重九登高祝融峰。且有"借琼佩霞裾"之语，戏往一阕以解嘲	《全宋词》第三册 1607—1608 页	2
	朝中措	胡季怀以《朝中措》为寿。八月四日，复次其韵。季怀常以宰相自期，故每戏之。己丑	《全宋词》第三册 1608 页	

（续表）

作者	词牌	题序	页码	数量
杨万里	念奴娇	上章乞休致,戏作《念奴娇》以自贺	《全宋词》第三册1665—1666页	1
黄铢	渔家傲	朱晦翁示欧公鼓子词戏作一首	《全宋词》第三册1677页	1
张孝祥	鹊桥仙	戏赠吴伯承侍儿[1]	《张孝祥词校笺》56页	5
	踏莎行	长沙牡丹花极小,戏作此词,并以二枝为伯承、钦夫诸兄一筋之荐	《张孝祥词校笺》58页	
	踏莎行	五月十三日夜月甚佳,戏作	《张孝祥词校笺》60页	
	浣溪沙	次韵戏马梦山与妓作别	《张孝祥词校笺》83页	
	丑奴儿	王公泽为予言查山之胜,戏赠	《张孝祥词校笺》156页	
李处全	菩萨蛮	中秋已近,木犀未开,戏作《菩萨蛮》以催之。西湖有月轮山名,柳氏云,三秋桂子,山名载于图经,余顷为郡掾,尝见之	《全宋词》第三册1732页	1
周颉	朝中措	饮饯元龄诸公席上戏作	《全宋词》第三册1737页	1
丘崈	夜行船	昨醉中说越上旧词,相与一笑,乃烦和章狎至,愧不可言,聊复戏作以谢。尘务满前,略无佳语,惟一过目,幸甚	《全宋词》第三册1745—1746页	3
	蝶恋花	西堂竹阁,日气温然,戏作	《全宋词》第三册1747页	
	太常引	仲履席上戏作	《全宋词》第三册1751页	

---

　　[1]"戏赠吴伯承侍儿",《张孝祥词校笺》无"戏赠"二字。其校记云:"《文集》题作'戏赠吴伯承侍儿'。"故将此列入戏作词范围。

（续表）

作者	词牌	题序	页码	数量
王炎	临江仙（2首）	莫子章郎中买妾佐酒,魏倅以词戏之,次韵	《全宋词》第三册1857页	3
	南柯子	秀叔娶妇不令人知,以小词为贺,因戏之	《全宋词》第三册1858页	
杨冠卿	东坡引	岁癸丑季秋二十六日,夜梦至一亭子,榜曰朝云。见二少年公子云:"久诵公乐章,愿得从容笑语。"因举似离筵旧作,称赞久之。余谢不能。公子咈然不乐,命小吏呼姝丽十数辈至,围一方台而立,相与群唱,声甚凄楚。俄顷,歌者取金花青笺所书词展于台上。熟视字画,乃余作也。读未竟,一歌者从旁攫取词置袖中,举酒相劳苦云:"钗分金半股之句,朝夕诵之,胡为念不及此耶。"公子云:"左验如此,奚事多逊。"抵掌一笑而寤,恍然不晓所谓。戏用其语,缀《东坡引》歌之	《全宋词》第三册1863—1864页	2
	贺新郎	秋日乘风过垂虹时,与一羽士俱,因泛言弱水蓬莱之胜。旁有溪童,具能歌张仲宗目尽青天等句,音韵洪畅,听之慨然。戏用仲宗韵呈张君量府判	《全宋词》第三册1866页	
辛弃疾	西江月	江行采石岸,戏作《渔父词》	《稼轩词编年笺注》91页	34
	定风波	大醉自诸葛溪亭归,窗间有题字令戒饮者,醉中戏作	《稼轩词编年笺注》263—264页	
	鹧鸪天	戏题村舍	《稼轩词编年笺注》277页	
	八声甘州	夜读《李广传》,不能寐,因念晁楚老、杨民瞻约同居山间,戏用李广事,赋以寄之	《稼轩词编年笺注》297页	

（续表）

作者	词牌	题序	页码	数量
辛弃疾	水龙吟	用瓢泉韵戏陈仁和,兼简诸葛元亮,且督和词	《稼轩词编年笺注》318页	34
	鹊桥仙	为人庆八十席上戏作	《稼轩词编年笺注》331页	
	江神子	闻蝉蛙戏作	《稼轩词编年笺注》432页	
	添字浣溪沙	三山戏作	《稼轩词编年笺注》467页	
	一枝花	醉中戏作	《稼轩词编年笺注》495页	
	念奴娇	戏赠善作墨梅者	《稼轩词编年笺注》497页	
	南歌子	新开池,戏作	《稼轩词编年笺注》543页	
	添字浣溪沙	与客赏山茶,一朵忽堕地,戏作	《稼轩词编年笺注》544页	
	水调歌头	将迁新居不成,有感,戏作。时以病止酒,且遣去歌者,末章及之	《稼轩词编年笺注》550页	
	玉楼春	戏赋云山	《稼轩词编年笺注》569页	
	永遇乐	检校停云新种杉松,戏作。时欲作亲旧报书,纸笔偶为大风吹去,末章因及之	《稼轩词编年笺注》594页	
	玉楼春	隐湖戏作	《稼轩词编年笺注》595页	
	鹧鸪天	读渊明诗不能去手,戏作小词以送之	《稼轩词编年笺注》602页	
	六州歌头	属得疾,暴甚,医者莫晓其状。小愈,困卧无聊,戏作以自释	《稼轩词编年笺注》620页	

（续表）

作者	词牌	题序	页码	数量
辛弃疾	鹧鸪天	寻菊花无有,戏作	《稼轩词编年笺注》627—628 页	34
	玉楼春	乐令谓卫玠:"人未尝梦捣齑啖铁杵,乘车入鼠穴。"以谓世无是事故也。余谓世无是事而有是理,乐所谓无,犹云有也。戏作数语以明之	《稼轩词编年笺注》647 页	
	念奴娇	余既为傅岩叟两梅赋词,傅君用席上有请云:"家有四古梅,今百年矣,未有以品题,乞援香月堂例。"欣然许之,且用前篇体制戏赋	《稼轩词编年笺注》656 页	
	浣溪沙（3首）	偕杜叔高、吴子似宿山寺戏作	《稼轩词编年笺注》661 页	
	行香子	博山戏呈赵昌甫、韩仲止	《稼轩词编年笺注》707 页	
	鹧鸪天	有客慨然谈功名,因追念少年时事,戏作	《稼轩词编年笺注》708 页	
	菩萨蛮	重到云岩,戏徐斯远	《稼轩词编年笺注》748 页	
	临江仙	苍壁初开,传闻过实,客有来观者,意其如积翠、清风、岩石、玲珑之胜,既见之,乃独为是突兀而止也,大笑而去。主人戏下一转语,为苍壁解嘲	《稼轩词编年笺注》755 页	
	临江仙	簪花屡堕,戏作	《稼轩词编年笺注》763 页	
	永遇乐	戏赋辛字,送茂嘉十二弟赴调	《稼轩词编年笺注》777 页	
	临江仙	戏为期思詹老寿	《稼轩词编年笺注》782 页	

（续表）

作者	词牌	题序	页码	数量
辛弃疾	乌夜啼	戏赠籍中人	《稼轩词编年笺注》836 页	34
	江城子	戏同官	《稼轩词编年笺注》846 页	
	惜奴娇	戏同官	《稼轩词编年笺注》847 页	
程垓	孤雁儿	有尼从人而复出者,戏用张子野事赋此	《全宋词》第三册 1994 页	2
	浣溪沙	病中有以兰花相供者,戏书	《全宋词》第三册 2012 页	
张镃	临江仙	余年三十二,岁在甲辰。尝画七圈于纸,揭之坐右,每圈横界作十眼,岁涂其一。今已过五十有二,怅然增感,戏题此词	《全宋词》第三册 2133—2134 页	2
	御街行	灯夕戏成	《全宋词》第三册 2134 页	
卢炳	鹧鸪天	席上戏作	《全宋词》第三册 2165 页	1
姜夔	眉妩	戏张仲远	《姜白石词编年笺校》18—19 页	4
	摸鱼儿	辛亥秋期,予寓合肥,小雨初霁,偃卧窗下,心事悠然;起与赵君猷露坐月饮,戏吟此曲,盖欲一洗钿合金钗之尘。他日野处见之,其为予击节也	《姜白石词编年笺校》50—51 页	
	玉梅令	石湖家自制此声,未有语实之,命予作。石湖宅南,隔河有圃曰范村,梅开雪落,竹院深静,而石湖畏寒不出,故戏及之	《姜白石词编年笺校》58—59 页	
	少年游	戏平甫	《姜白石词编年笺校》127 页	

（续表）

作者	词牌	题序	页码	数量
郭应祥	减字木兰花	戏万安胡簿	《全宋词》第四册 2229 页	2
郭应祥	减字木兰花	用季功韵戏呈子定	《全宋词》第四册 2229 页	2
韩淲	朝中措	戏赠郑干	《全宋词》第四册 2244 页	4
	减字木兰花	昌甫以嵇叔夜语作曲,戏用杜子美诗和韵	《全宋词》第四册 2252 页	
	菩萨蛮	酒半戏成	《全宋词》第四册 2256 页	
	浣溪沙	戏成寄李叔谦	《全宋词》第四册 2263 页	
胡惠斋	百字令	几上凝尘戏画梅一枝	《全宋词》第四册 2268 页	1
卢祖皋	小阑干	种桂戏成	《全宋词》第四册 2419 页	1
刘镇	柳梢青	戏简高菊磵	《全宋词》第四册 2474 页	1
葛长庚	八六子	戏改秦少游词	《全宋词》第四册 2585 页	1
刘克庄	水调歌头	解印有期戏作	《后村词笺注》56 页	8
	贺新郎	实之用前韵为老者寿戏答	《后村词笺注》91 页	
	水龙吟	徐仲晦方蒙仲各和余去岁笛字韵为寿戏答二君	《后村词笺注》120 页	
	沁园春	五和韵狭不可复和偶读孔明传,戏成	《后村词笺注》195—196 页	
	生查子	元夕戏陈敬叟	《后村词笺注》283 页	

（续表）

作者	词牌	题序	页码	数量
刘克庄	玉楼春	戏呈林节推乡兄	《后村词笺注》345 页	8
	鹧鸪天	戏题周登乐府	《后村词笺注》355 页	
	菩萨蛮	戏林推	《后村词笺注》366 页	
刘清夫	金菊对芙蓉	沙邑宰缪琴妓,用旧韵戏之	《全宋词》第四册 2699 页	1
吴潜	贺新郎	因梦中和石林贺新郎,并戏和东坡乳燕飞华屋	《全宋词》第四册 2748 页	4
	念奴娇	戏和仲殊。己未四月二十七日	《全宋词》第四册 2758 页	
	朝中措	五用韵戏呈	《全宋词》第四册 2762—2763 页	
	秋夜雨	依韵戏赋傀儡	《全宋词》第四册 2768 页	
吴文英	瑶华	分韵得作字,戏虞宜兴	《梦窗词集校笺》1589 页	1
黄昇	酹江月	戏题玉林	《全宋词》第四册 2996—2997 页	1
陈著	沁园春	单景山雪中以学佛自夸,因次韵戏抑之	《全宋词》第四册 3035 页	1
刘辰翁	减字木兰花	再用韵戏古岩出姜	《刘辰翁词校注》93 页	2
	汉宫春	壬午开炉日戏作	《刘辰翁词校注》204 页	
周密	一枝春	越一日,寄闲次余前韵,且未能忘情于落花飞絮间,因寓去燕杨姓事以寄意,此少游"小楼连苑"之词也。余遂戏用张氏故实,次韵代答,亦东坡"锦里先生"之诗乎	《周密集》第五册《蘋洲渔笛谱》26 页	7
	玲珑四犯	戏调梦窗	《周密集》第五册《蘋洲渔笛谱》29 页	

（续表）

作者	词牌	题序	页码	数量
周密	柳梢青（4首）	余生平爱梅,仅一再见逃禅真迹。癸酉冬,会疏清翁孤山下,出所藏《双清图》,奇悟入神,绝去笔墨畦径。卷尾补之自书《柳梢青》四词,辞语清丽,翰札遒劲,欣然有契于心。余因戏云:"不知点胸老、放鹤翁同生一时,其清风雅韵,优劣当何如哉?"翁噱曰:"我知画而已,安与许事?君其问诸水滨!"因次韵,载名于后,庶异时开卷索笑,不为生客云	《周密集》第五册《蘋洲渔笛谱》57—59页	7
	南楼令	戏次赵元父韵	《周密集》第五册《蘋洲渔笛谱》60页	
赵必瑑	菩萨蛮	戏菱生	《全宋词》第五册3385页	3
	朝中措	戏赠东邻刘生再娶板桥谢女	《全宋词》第五册3385页	
	鹧鸪天	戏赠黄医	《全宋词》第五册3385页	
蒋捷	风入松	戏人去妾	《全宋词》第五册3441页	1
张炎	踏莎行	郊行值游女以花掷水,余得之,戏作此解	《山中白云词》136页	1
刘将孙	满江红	建安戏用林碧山韵	《全宋词》第五册3525—3526页	1
刘铉	少年游	戏友人与女客对棋	《全宋词》第五册3532页	1

作者总计:50人　　　　　　　　　词作数量总计:173首

附录二　南宋戏作词词作

阮郎归

廖刚

草堂王生以妄想天降玉牌为实事,使有司求之,既又托以梦。因戏作云。乙未云间舟中。

月桥风槛水边居。画楼三鼓初。草堂收拾读闲书。起看清夜徂。　　闲想像,尽踌躇。玉牌金字铺。梦魂纵有也成虚。那堪和梦无。

白雪

米友仁

夜雨欲霁,晓烟既泮,则其状类此。余盖戏为潇湘写,千变万化不可名,神奇之趣,非古今画家者流也。惟是京口翟伯寿,余生平至交,昨豪夺余自秘著色袖卷,盟于天而后不复力取归。往岁挂冠神武门,居京城旧庐,以白雪词寄之,世所谓念奴娇也。

洞天昼永，正中和时候，凉飙初起。羽扇纶巾，云流处，水绕山重云委。好雨新晴，绮霞明丽，全是丹青戏。豪攘横卷，楚天应解深秘。　　留滞。字学书林，折腰缘为米，无机涉世。投组归来欣自肆，目仰云霄醒醉。论少卑之，家声接武，月旦评吾子。凭高临望，桂轮徒共千里。

雨中花慢

叶梦得

寒食前一日小雨，牡丹已将开，与客置酒坐中戏作。

痛饮狂歌，百计强留，风光无奈春归。春去也，应知相赏，未忍相违。卷地风惊，争催春暮雨，顿回寒威。对黄昏萧瑟，冰肤洗尽，犹覆霞衣。　　多情断了，为花狂恼，故飘万点霏微。低粉面、妆台酒散，泪颗频挥。可是盈盈有意，只应真惜分飞。拚令吹尽，明朝酒醒，忍对红稀。

南歌子

李光

民先兄寄野花数枝，状似蓼而丛生。夜置几案，幽香袭人，戏成一阕。

南圃秋香过，东篱菊未英。蓼花无数满寒汀。中有一枝纤软、吐微馨。　　被冷沈烟细，灯青梦水成。皎如明月入窗棂。天女维摩相对、两忘情。

临江仙

李光

> 甲子中秋微雨,闻施君家宴,戏赠。

画栋朱楼凌缥缈,全家住在层城。中秋风露助凄清。香凝燕寝,遮莫下帘旌。　　佳节喜逢今夕月,后房重按新声。姮娥端解妒娉婷。微云点缀,不放十分明。

江城子

刘一止

> 王元渤舍人将赴吉州,因以戏之。

秋香岩下著尊罍。小徘徊。莫停杯。来岁花时,相望两悠哉。看取修眉萦度曲,真个泪,界香腮。　　船头击鼓片帆开。晓风吹。首应回。景物撩人,诗思不胜催。会有江山凄惋句,凭过雁,寄侬来。

浣溪沙

周紫芝

> 今岁冬温,近腊无雪,而梅殊未放。戏作浣溪沙三叠,以望发奇秀。

近腊风光一半休。南枝未动北枝愁。嫦娥莫是见人羞。　么凤不传蓬岛信，杜鹃空办鹤林秋。便须千杖打梁州。

又

欲醉江梅兴未休。待笃春瓮洗春愁。不成欢绪却成羞。　天意若教花似雪，客情宁恨鬓如秋。趁他何逊在扬州。

又

无限春情不肯休。江梅未动使人愁。东昏觑得玉奴羞。　对酒情怀疑是梦，忆花天气黯如秋。唤春云梦泽南州。

木兰花

周紫芝

长安狭邪中，有高自标置者，客非新科不得其门，时颇称之。予尝语人曰：相马失之肥，相士失之瘦，世亦岂可以是论人物乎！戏作此词，为花衢狭客一笑。

嫦娥天上人谁识。家在蓬山烟水隔。不应著意眼前人，便是登瀛当日客。　双眸炯炯秋波滴。也解人间青与白。檀郎未摘月边枝，枉是不教花爱惜。

水调歌头

周紫芝

十月六日于仆为始生之日,戏作此词为林下一笑。世固未有自作生日词者,盖自竹坡老人始也。

白发三千丈,双鬓不胜垂。人间忧喜如梦,老矣更何之。蓬玉行年过了,未必如今俱是,五十九年非。拟把彭殇梦,分付与痴儿。　君莫羡,客起舞,寿琼卮。此生但愿,长遣猿鹤共追随。金印借令如斗,富贵那能长久,不饮竟何为。莫问蓬莱路,从古少人知。

鹧鸪天

周紫芝

重九登醉山堂,戏集前人句作鹧鸪天,令官妓歌之,为酒间一笑。前一首,自为之也。

年少登高意气多。黄花压帽醉嵯峨。如今满眼看华发,强撚茱萸奈老何。　千叠岫,万重波。一时分付与秦娥。明年身健君休问,且对秋风卷翠螺。

又

终日看山不厌山。寻思百计不如闲。何时得到重阳日,醉把茱萸仔细看。　敧醉帽,倚雕阑。偶然携酒却成欢。篱边黄菊关心事,触误愁人到酒边。

感皇恩

周紫芝

竹坡老人步上南冈,得堂基于孤峰绝顶间,喜甚,戏作长短句。

无事小神仙,世人谁会。著甚来由自萦系。人生须是,做些闲中活计。百年能几许,无多子。　　近日谢天,与片闲田地。作个茅堂待打睡。酒儿熟也,赢取山中一醉。人间如意事,只此是。

千秋岁

周紫芝

春欲去,二妙老人戏作长短句留之,为社中一笑。

送春归去。说与愁无数。君去后,归何处。人应空懊恼,春亦无言语。寒日暮,腾腾醉梦随风絮。　　尽日间庭雨。红湿秋千柱。人恨切,莺声苦。拟倾浇闷酒,留取残红树。春去也,不成不为愁人住。

朝中措

李祁

探梅早春亭,逾凤栖岭,至三山阁,折花而归。用欧公朝中措腔作照江梅词,寄任蕴明。蕴明尝许缘橛载侍儿见过,又于汉籍伎有目成者,因以为戏。

郎官湖上探春回。初见照江梅。过尽竹溪流水,无人知道花开。　　佳人何处,江南梦远,殊未归来。唤取小丛教看,隔江烟雨楼台。

满庭芳

向子諲

岩桂风韵高古,平生心醉其间。昔转漕淮南,尝手植堂下。芗林此花为多,戏作是词,当邀徐师川诸公同赋。

月窟蟠根,云岩分种,绝知不是尘凡。琉璃剪叶,金粟缀花繁。黄菊周旋避舍,友兰蕙、羞杀山樊。清香远,秋风十里,鼻观已先参。　　酒阑。听我语,平生半是,江北江南。经行处、无穷绿水青山。常被此花相恼,思共老、结屋中间。不因尔,芗林底事,游戏到人寰。

虞美人

向子諲

梅花盛开,走笔戏呈韩叔夏司谏。

江头苦被梅花恼。一夜霜须老。谁将冰玉比精神。除是凌风却月、见天真。　　情高意远仍多思。只有人相似。满城桃李不能春。独向雪花深处、露化身。

鹧鸪天

向子　

旧史载白乐天归洛阳,得杨常侍旧第,有林泉之致,占一都之胜。芗林居士卜筑清江,乃杨遵道光禄故居也。昔文安先生之所可,而竹木池馆,亦甚似之。其子孙与两苏、山谷从游。所谓百花洲者,因东坡而得名,尝为绝句以纪其事。后戏广其声,为是词云。

莫问清江与洛阳。山林总是一般香。两家地占西南胜,可是前人例姓杨。　　石作枕,醉为乡。藕花菱角满池塘。虽无中岛霓裳奏,独鹤随人意自长。

鹧鸪天

向子　

戏韩叔夏。

只有梅花似玉容。云窗月户几尊同。见来怨眼明秋水,欲去愁眉淡远峰。　　山万叠,水千重。一双胡蝶梦能通。都将泪作梅黄雨,尽把情为柳絮风。

鹧鸪天

向子　

曾端伯使君自处守移帅荆南,作是词戏之。

赣上人人说故侯。从来文采更风流。题诗谩道三千首,别酒须拚一百筹。　　乘画鹢，衣轻裘。又将春色过荆州。合江绕岸垂杨柳，总学歌眉叶叶愁。

西江月

向子諲

吴穆仲与法喜以禅悦为乐，寄唱酬醉蓬莱示芗林居士，有"见处即已，无心即了"之句，戏作是词答之。

见处莫教认著，无心慎勿沈空。本无背面与初终。说了还同说梦。　　欲识芗林居士，真成渔父家风。收丝垂钓月明中。总是神通妙用。

浣溪沙

向子諲

戏呈牧庵舅。

进步须于百尺竿。二边休立莫中安。要知玄露没多般。　　花影镜中拈不起，蟾光空里撮应难。道人无事更参看。

浣溪沙

向子諲

荆公除日诗云："爆竹声中一岁除。东风送暖入屠苏。千门万户瞳瞳日，争插新桃换旧符。"东坡诗云："老去怕看新历日,退归拟学旧桃符。"古今绝唱也。吕居仁诗有"画角声中一岁除。平明更饮屠苏酒"之句,政用以为故事耳。芗林退居之十年,戏集两公诗,辄以鄙意足成浣溪沙,因书以遗灵照。

爆竹声中一岁除。东风送暖入屠苏。曈曈晓色上林庐。　　老去怕看新历日,退归拟学旧桃符。青春不染白髭须。

清平乐

向子諲

岩桂盛开,戏呈韩叔夏司谏。

吴头楚尾。踏破芒鞋底。万壑千岩秋色里。不耐恼人风味。　　而今我老芗林。世间百不关心。独喜爱香韩寿,能来同醉花阴。

清平乐

向子諲

郑长卿资政惠以龙焙绝品。余方酿芗林春色,恨不得持去,戏有此赠。

芗林春色。杯面云腴白。醉里不知天地窄。真是人间欢伯。　　风流玉友争妍。酪奴可与忘年。空诵少陵佳句,饮中谁与俱仙。

点绛唇
向子湮

芟林老人，绍兴甲寅中秋，与二三禅子对月宝林山中，戏作长短句，俗呼点绛唇。

绿水青山，一轮明月林梢过。有谁同坐。妙德毗卢我。　石女高歌，古调无人和。还知么。更没别个。且莫分疏破。

点绛唇
向子湮

世传水月观音词，徐师川恶其鄙俗，戏作一首似之。

冰雪肌肤，靓妆喜作梅花面。寄情高远。不与凡尘染。　玉立峰前，闲把经珠转。秋风便。雾收云卷。水月光中见。

点绛唇
向子湮

重九戏用东坡先生韵。

无热池南，岁寒亭上开新宴。青山芳甸。尽入真如观。　举酒高歌，人在秋天半。晴空远。寒江影乱。何处飞来雁。

又

病卧秋风,懒寻杯酒追欢宴。梦游都甸。不改当年观。　　故旧凋零,天下今无半。烟尘远。泪珠零乱。怕问随阳雁。

又

今日重阳,强挼青蕊聊开宴。我家几甸。试上连辉观。　　忆着醮池,古塔烟霄半。愁心远。情随云乱。肠断江城雁。

如梦令

向子谭

余以岩桂为炉薰,杂以龙麝,或谓未尽其妙。有一道人授取桂华真水之法,乃神仙术也。其香着人不灭,名曰芗林秋露。李长吉诗亦云:“山头老桂吹古香。”戏作二阕,以贻好事者。

欲问芗林秋露。来自广寒深处。海上说蔷薇,何似桂华风度。高古。高古。不著世间尘污。

又

谁识芗林秋露。胜却诸天花雨。休更觅曹溪,自有个中玄路。参取。参取。滴滴要知落处。

减字木兰花

向子諲

梅花盛开,走笔戏呈韩叔夏。

腊前雪里。几处梅梢初破蕊。年后江边。是处花开晚更妍。　　绝知春意。不耐愁何心与醉。更有难忘。宋玉墙头婉婉香。

减字木兰花

向子諲

韩叔夏席上戏作。

谁知莹澈。惟有碧天云外月。一见风流。洗尽胸中万斛愁。　　剩烧蜜炬。只恐夜深花睡去。想得横陈。全是巫山一段云。

梅花引

向子諲

戏代李师明作。

花如颊。梅如叶。小时笑弄阶前月。最盈盈。最惺惺。闲愁未识、无计定深情。十年空省春风面。花落花开不相见。要相逢。得相逢。须信灵犀,中自有心通。　　同杯勺。同斟酌。千愁一醉都推却。花阴边。柳阴边。几回拟待、偷怜不成怜。伤春玉瘦慵梳掠。抛掷琵琶闲处著。莫猜疑。

莫嫌迟。鸳鸯翡翠，终是一双飞。

浣溪沙

向子谭

赵总怜以扇头来乞词，戏有此赠。赵能着棋、写字、分茶、弹琴。

艳赵倾燕花里仙。乌丝阑写永和年。有时闲弄醒心弦。　　茗碗分云微醉后，纹楸斜倚髻鬟偏。风流模样总堪怜。

水调歌头

李弥逊

八月十五夜集长乐堂，月大明，常岁所无，众客皆欢。戏用伯恭韵作。

白发闽江上，几度过中秋。阴晴相半，曾见玉塔卧寒流。不似今年三五，皎皎冰轮初上，天阙恍神游。下视人间世，万户水明楼。　　贤公子，追乐事，占鳌头。酒酣喝月、腰鼓百面打凉州。沈醉尽扶红袖，不管风摇仙掌，零露湿轻裘。但恐尊中尽，身外复何忧。

浣溪沙

张元幹

戏简宇文德和求相香。

花气蒸浓古鼎烟。水沈春透露华鲜。心清无暇数龙涎。　　乞与病夫僧帐座，不妨公子醉茵眠。普熏三界扫腥膻。

菩萨蛮

张元幹

戏呈周介卿。

拍堤绿涨桃花水。画船稳泛东风里。丝雨湿苔钱。浅寒生禁烟。　　江山留不住。却载笙歌去。醉倚玉搔头。几曾知旅愁。

菩萨蛮

胡铨

辛未七夕戏答张庆符。

银河牛女年年渡。相逢未款还忧去。珠斗欲阑干。盈盈一水间。　　玉人偷拜月。苦恨匆匆别。此意愿天怜。今宵长似年。

渔父词

赵构

　　绍兴元年七月十日,余至会稽,因览黄庭坚所书张志和《渔父词》十五首,戏同其韵,赐辛永宗。

其一

　　一湖春水夜来生。几叠春山远更横。烟艇小,钓丝轻。赢得闲中万古名。

其二

　　薄晚烟林澹翠微。江边秋月已明晖。纵远柂,适天机。水底闲云片段飞。

其三

　　云洒清江江上船。一钱何得买江天。催短棹,去长川。鱼蟹来倾酒舍烟。

其四

　　青草开时已过船。锦鳞跃处浪痕圆。竹叶酒,柳花毡。有意沙鸥伴我眠。

其五

　　扁舟小缆荻花风。四合青山暮霭中。明细火,倚孤松。但愿尊中酒不空。

其六

　　侬家活计岂能明。万顷波心月影清。倾绿酒,糁藜羹。

保任衣中一物灵。

其七

骇浪吞舟脱巨鳞。结绳为网也难任。纶乍放，饵初沈。浅钓纤鳞味更深。

其八

鱼信还催花信开。花风得得为谁来。舒柳眼，落梅腮。浪暖桃花夜转雷。

其九

暮暮朝朝冬复春。高车驷马趁朝身。金拄屋，粟盈囷。那知江汉独醒人。

其十

远水无涯山有邻。相看岁晚更情亲。笛里月，酒中身。举头无我一般人。

其十一

谁云渔父是愚翁。一叶浮家万虑空。轻破浪，细迎风。睡起篷窗日正中。

其十二

水涵微雨湛虚明。小笠轻蓑未要晴。明鉴里，縠纹生。白鹭飞来空外声。

其十三

无数菰蒲间藕花。棹歌轻举酌流霞。随家好，转山斜。

也有孤村三两家。

其十四

春入渭阳花气多。春归时节自清和。冲晓雾，弄沧波。载与俱归又若何。

其十五

清湾幽岛任盘纡。一舸横斜得自如。惟有此，更无居。从教红袖泣前鱼。

减字木兰花

王之望

代人戏赠。

珠帘乍见。云雨无踪空有怨。锦字新词。青鸟衔来恼暗期。　　桃溪得路。直到仙家留客处。今日东邻。远忆当年窥宋人。

霜天晓角

韩元吉

夜饮武将家，有歌霜天晓角者，声调凄婉，戏为赋之。

几声残角。月照梅花薄。花下有人同醉，风满槛、波明阁。　　夜寂香透幕。酒深寒未著。莫把玉肌相映，愁花见、也羞落。

南乡子

韩元吉

龙眼未闻有诗词者,戏为赋之。

江路木犀天。梨枣吹风树树悬。只道荔枝无驿使,依然。赢得骊珠万颗传。　香露滴芳鲜。并蒂连枝照绮筵。惊走梧桐双睡鹊,应怜。腰底黄金作弹圆。

江神子

韩元吉

建安县戏赵德庄。

十年此地看花时。醉题诗。夜弹棋。湖海相逢,曾共惜芳菲。前度刘郎今度客,嗟老矣,鬓成丝。　江梅吹尽柳桥西。雪纷飞。画船移。满眼青山,依旧带寒谿。往事如云无处问,云外月,也应知。

水龙吟

韩元吉

夜宿化城,得张安国长短句,戏用其韵。

五谿深锁烟霞,定知不是人间世。轩然九老,排云一笑,苍颜相对。星斗垂空,月华随步,酒醒无寐。□广寒已近,嫦娥起舞,天风动、摇丹桂。　极目层霄如洗。正千岩、棱棱霜气。飞泉半落,苍崖百仞,珠翻玉碎。金衲松成,葛洪丹就,如今千载。叹谪仙诗在,骑驴未远,且留君醉。

醉落魄

韩元吉

生日自戏。

相看半百。劳生等是乾坤客。功成一笑惊头白。惟有榴花,相对似颜色。　　蓬莱水浅何曾隔。也应待得蟠桃摘。我歌欲和君须拍。风月年年,常恨酒杯窄。

风入松

侯寘

西湖戏作。

少年心醉杜韦娘。曾格外疏狂。锦笺预约西湖上,共幽深、竹院松窗。愁夜黛眉颦翠,惜归罗帕分香。　　重来一梦觉黄粱。空烟水微茫。如今眼底无姚魏,记旧游、凝伫凄凉。入扇柳风残酒,点衣花雨斜阳。

凤皇台上忆吹箫

侯寘

耒阳至节戏呈同官。

玉管灰飞,云台珥笔,东君飚驭将还。又正是、霜花□剪,梅粉初干。窈窕红窗髻影,添一线、组绣工间。潇湘好,雪意尚遥,绿占群山。　　应思少年壮气,贪游乐、追随玉勒雕鞍。更化日舒长,赢得觅醉谋欢。老去桑榆趁暖,任从教、潘鬓先斑。犹狂在,挥翰快写春寒。

青玉案

侯寘

戏用贺方回韵饯别朱少章。

三年牢落荒江路。忍明日、轻帆去。冉冉年光真暗度。江山无助,风波有险,不是留君处。　　梅花万里伤迟暮。驿使来时望佳句。我拚归休心已许。短篷孤棹,绿蓑青笠,稳泛潇湘雨。

朝中措

侯寘

建康大雪,戏呈母舅晁留守。

漏云初见六花开。惊巧妒江梅。飘洒元戎小队,玉妆旌旆归来。　　恩同化手,春回陇亩,欢到尊罍。记取明朝登览,绿漪惟有秦淮。

踏莎行

侯寘

壬午元宵戏呈元汝功参议。

元夕风光,中兴时候。东风著意催梅柳。谁家银字小笙簧,倚阑度曲黄昏后。　　拨雪张灯,解衣贳酒。觚棱金碧闻依旧。明年何处看升平,景龙门下灯如昼。

定风波

管鉴

张子仪将赴南宫,同官移会饯别。有举"耳边听唱状元声"调子仪侍儿,子仪命足成词,戏作。

秋入华堂一味清。四山环碧眼双明。欲送主人天上去。无绪。一尊已带别离情。　　洞府桃花常许见。□□。为谁特地惜娉婷。只待明年春醉里。偎倚。耳边听唤状元声。

浣溪沙

吴儆

戏陈子长。

汗褪香红雪莹肌。装余静丽雾裁衣。晚凉新浴倚栏时。　　帘卷轻风斜蚕发,杯深新月堕蛾眉。此时风味许谁知。

满庭芳

周必大

子中兄有安仁遗书云：将以重九登高祝融峰。
且有"借琼佩霞裾"之语，戏往一阕以解嘲。

天壤茫茫，人心殊观，未免因欠思余。太山邱垤，同载
一方舆。那更长沙下湿，祝融峰、才比吾庐。秋风冷，攀缘
汗浃，应叹苦区区。　　登高，聊尔耳，何须蜡屐，谁暇膏
车。默存处，清都宛在须臾。笑约乘鸾羽客，窥倒景、拊掌
崎岖。归来把，茱囊菊盏，一为洗泥涂。

朝中措

周必大

胡季怀以朝中措为寿。八月四日，复次其韵。季
怀常以宰相自期，故每戏之。己丑。

九重深念朔庭空。良弼梦时中。擢第难遵常制，筑岩
直继高风。　　明年东府，金钗珠履，列鼎鸣钟。良酝傥
分焦革，早禾休浸曹公。

念奴娇

杨万里

上章乞休致，戏作念奴娇以自贺。

老夫归去，有三径、足可长拖衫袖。一道官衔清彻骨，

别有监临主守。主守清风，监临明月，兼管栽花柳。登山临水，作诗三首两首。　　休说白日升天，莫夸金印，斗大悬双肘。且说庐陵传盛事，三个闲人眉寿。拣罢军员，归农押录，致政诚斋叟。只愁醉杀，螺江门外私酒。

渔家傲

黄铢

朱晦翁示欧公鼓子词戏作一首。

永日离忧千万绪。雪舟远泛清漳浦。珍重故人寒夜语。挥玉麈。沈沈画阁凝香雾。　　风砌落花留不住。红蜂翠蝶闲飞舞。明日柳营江上路。云起处。苍山万叠人归去。

鹊桥仙

张孝祥

戏赠吴伯承侍儿。

明珠盈斗，黄金作屋，占了湘中秋色。金风玉露不胜情，看天上人间今夕。　　枝头一点，琴心三叠，算有诗名消得。野堂从此不萧疏，问何日尊前唤客？

踏莎行

张孝祥

长沙牡丹花极小，戏作此词，并以二枝为伯承、钦夫诸兄一觞之荐。

洛下根株，江南栽种。天香国色千金种。花边三阁建康春，风前十里扬州梦。　　油壁轻车，青丝短鞚。看花日日催宾从。而今何许定王城？一枝且为邻翁送。

踏莎行

张孝祥

五月十三日夜月甚佳，戏作。

藕叶池塘，榕阴庭院，年时好月今宵见。云鬟玉臂共清寒，冰绡雾縠谁裁剪？　　扑粉香绵，侵尘宝扇，遥知掩抑成凄怨。去程何许是归程，离觞为我深深劝。

浣溪沙

张孝祥

次韵戏马梦山与妓作别。

罗袜生尘洛浦东，美人春梦琐窗空。眉山蹙恨几千重？　　海上蟠桃留结子，渥洼天马去追风。不须多怨主人公。

丑奴儿

张孝祥

王公泽为予言查山之胜，戏赠。

十年闻说查山好,何日追游? 木落霜秋,梦想云溪不那愁。　　主人好事长留客,尊酒夷犹。一笑登楼,兴在西峰上上头。

菩萨蛮

李处全

中秋已近,木犀未开,戏作菩萨蛮以催之。西湖有月轮山名,柳氏云,三秋桂子,山名载于图经,余顷为郡掾,尝见之。

晦庵老子修行久。问禅金粟曾回首。截竹是禅机。吹破粟玉枝。　　西湖秋好处。承得昭阳露。香透月轮低。来薰打坐时。

朝中措

周颉

饮饯元龄诸公席上戏作。

郧城清胜压湖湘。人物镇相望。秀气谁符楚泽,建安诸子文章。　　东风得意,青云路稳,好去腾骧。要识登科次第,待看北斗光芒。

夜行船·和朱茶马

丘崈

昨醉中说越上旧词,相与一笑,乃烦和章狎至,愧不可言,聊复戏作以谢。尘务满前,略无佳语,惟一过目,幸甚。

一舸鸱夷云水路。贪游戏、悄忘尘数。明月长随,清风满载,那向急流争渡。   邂逅占星来已暮。芝封待、却催归处。倚玉兼葭,论文尊俎,回首笑谈何处。

蝶恋花

丘崈

西堂竹阁,日气温然,戏作。

逼砌筼窗围小院。日照花枝,疏影重重见。金鸭无风香自暖。腊寒才比春寒浅。   画景温温烘笔砚。闲把安西,六纸都临遍。茗椀不禁幽梦远。鹊来唤起斜阳晚。

太常引

丘崈

仲履席上戏作。

憎人虎豹守天关。嗟蜀道、十分难。说与沐猴冠。这富贵、于人怎谩。   忘形尊俎,能言桃李,日日在东山。不醉有余欢。唱好个、风流谢安。

aret

临江仙

王炎

莫子章郎中买妾佐酒,魏倅以词戏之,次韵。

试问休官林下去,何人得似高年。壶中不记岁时迁。吹箫新有伴,餐玉共求仙。 有客尊前曾得见,月眉云鬓娟娟。断肠刺史独无眠。谁能闻一曲,偷向笛中传。

又

思忆故园花又发,等闲过了流年。休论升擢与平迁。拂衣归去好,无事即神仙。 况是老人头雪白,羞看红粉婵娟。鸾孤凤只且随缘。莫将桃叶曲,留与世人传。

南柯子

王炎

秀叔娶妇不令人知,以小词为贺,因戏之。

对镜鸾休舞,求凰凤自飞。珠钿翠珥密封题。中有鸾笺细字、没人知。 环佩灯前结,辎軿月下归。笑他织女夜鸣机。空与牛郎相望、不相随。

东坡引

杨冠卿

岁癸丑季秋二十六日,夜梦至一亭子,榜曰朝云。见二少年公子云:"久诵公乐章,愿得从容笑语。"因举似离筵旧作,称赞久之。余谢不能。公子咈然不乐,命小吏呼姝丽十数辈至,围一方台而立,相与群唱,声甚凄楚。俄顷,歌者取金花青笺所书词展于台上。熟视字画,乃余作也。读未竟,一歌者从旁攫取词置袖中,举酒相劳苦云:"钗分金半股之句,朝夕诵之,胡为念不及此耶。"公子云:"左验如此,奚事多逊。"抵掌一笑而寤,恍然不晓所谓。戏用其语,缀东坡引歌之。

绿波芳草路。别离记南浦。香云翦赠青丝缕。钗分金半股。钗分金半股。　　阳关一曲声凄楚。惹起离筵愁绪。梦魂拟逐征鸿去。行云无定据。行云无定据。

贺新郎

杨冠卿

秋日乘风过垂虹时,与一羽士俱,因泛言弱水蓬莱之胜。旁有溪童,具能歌张仲宗目尽青天等句,音韵洪畅,听之慨然。戏用仲宗韵呈张君量府判。

薄暮垂虹去。正江天、残霞冠日,乱鸿遵渚。万顷云涛风浩荡,笑整羽轮飞渡。问弱水、神仙何处。翳凤骑麟思往事,记朝元、金殿闻钟鼓。环佩响,翠鸾舞。　　梦中失却江南路。待西风、长城饮马,朔庭张弩。目尽青天何时到,赢得儿童好语。怅未复、长陵抔土。西子五湖归去后,泛仙舟、尚许寻盟否。风袂逐，片帆举。

西江月

辛弃疾

江行采石岸，戏作《渔父词》。

千丈悬崖削翠，一川落日镕金。白鸥来往本无心，选甚风波一任。　　别浦鱼肥堪鲙，前村酒美重斟。千年往事已沉沉。闲管兴亡则甚？

定风波

辛弃疾

大醉自诸葛溪亭归，窗间有题字令戒饮者，醉中戏作。

昨夜山公倒载归，儿童应笑醉如泥。试与扶头浑未醒，休问，梦魂犹在葛家溪。　　欲觅醉乡今古路，知处：温柔东畔白云西。起向绿窗高处看，题遍；刘伶元自有贤妻。

鹧鸪天

辛弃疾

戏题村舍。

鸡鸭成群晚未收，桑麻长过屋山头。有何不可吾方羡，要底都无饱便休。　　新柳树，旧沙洲，去年溪打那边流。

自言此地生儿女，不嫁余家即聘周。

八声甘州

辛弃疾

夜读《李广传》，不能寐，因念晁楚老、杨民瞻约同居山间，戏用李广事，赋以寄之。

故将军饮罢夜归来，长亭解雕鞍。恨灞陵醉尉，匆匆未识，桃李无言。射虎山横一骑，裂石响惊弦。落魄封侯事，岁晚田园。　谁向桑麻杜曲，要短衣匹马，移住南山。看风流慷慨，谭笑过残年。汉开边功名万里，甚当时健者也曾闲。纱窗外，斜风细雨，一阵轻寒。

水龙吟

辛弃疾

用瓢泉韵戏陈仁和，兼简诸葛元亮，且督和词。

被公惊倒瓢泉，倒流三峡词源泻。长安纸贵，流传一字，千金争舍。割肉怀归，先生自笑，又何廉也。但衔杯莫问："人间岂有，如孺子，长贫者。"　谁识稼轩心事，似风乎舞雩之下。回头落日，苍茫万里，尘埃野马。更想隆中，卧龙千尺，高吟才罢。倩何人与问："雷鸣瓦釜，甚黄钟哑？"

鹊桥仙

辛弃疾

为人庆八十席上戏作。

朱颜晕酒，方瞳点漆，闲傍松边倚杖。不须更展画图看，自是个寿星模样。　　今朝盛事，一杯深劝，更把新词齐唱。人间八十最风流，长贴在儿儿额上。

江神子

辛弃疾

闻蝉蛙戏作。

簟铺湘竹帐笼纱，醉眠些，梦天涯。一枕惊回，水底沸鸣蛙。借问喧天成鼓吹，良自苦，为官哪？　　心空喧静不争多。病维摩，意云何。扫地烧香，且看散天花。斜日绿阴枝上噪，还又问：是蝉么？

添字浣溪沙

辛弃疾

三山戏作。

记得瓢泉快活时，长年耽酒更吟诗。蓦地捉将来断送，老头皮。　　绕屋人扶行不得，闲窗学得鹧鸪啼。却有杜鹃能劝道：不如归！

一枝花
辛弃疾

醉中戏作。

千丈擎天手,万卷悬河口。黄金腰下印,大如斗。更千骑弓刀,挥霍遮前后。百计千方久。似斗草儿童,赢个他家偏有。　　算枉了,双眉长恁皱,白发空回首。那时闲说向,山中友。看丘陇牛羊,更辨贤愚否。且自栽花柳。怕有人来,但只道"今朝中酒"。

念奴娇
辛弃疾

戏赠善作墨梅者。

江南尽处,堕玉京仙子,绝尘英秀。彩笔风流偏解写,姑射冰姿清瘦。笑杀春工,细窥天巧,妙绝应难有。丹青图画,一时都愧凡陋。　　还似篱落孤山,嫩寒清晓,只欠香沾袖。淡伫轻盈谁付与,弄粉调朱纤手。疑是花神,朅来人世,占得佳名久。松篁佳韵,倩君添做三友。

南歌子
辛弃疾

新开池,戏作。

散发披襟处,浮瓜沉李杯。涓涓流水细侵阶。凿个池儿唤个月儿来。　　画栋频摇动,红蕖尽倒开。斗匀红粉照香腮。有个人人把做镜儿猜。

添字浣溪沙

辛弃疾

与客赏山茶,一朵忽堕地,戏作。

酒面低迷翠被重,黄昏院落月朦胧。堕髻啼妆孙寿醉,泥秦宫。　　试问花留春几日,略无人管雨和风。瞥向绿珠楼下见,坠残红。

水调歌头

辛弃疾

将迁新居不成,有感,戏作。时以病止酒,且遣去歌者,末章及之。

我亦卜居者,岁晚望三闾。昂昂千里,泛泛不作水中凫。好在书携一束,莫问家徒四壁,往日置锥无。借车载家具,家具少于车。　　舞乌有,歌亡是,饮子虚。二三子者爱我,此外故人疏。幽事欲论谁共,白鸥飞来似可,忽去复何如? 群鸟欣有托,吾亦爱吾庐。

玉楼春

辛弃疾

戏赋云山。

何人半夜推山去？四面浮云猜是汝。常时相对两三峰，走遍溪头无觅处。　　西风瞥起云横渡，忽见东南天一柱。老僧拍手笑相夸，且喜青山依旧住。

永遇乐

辛弃疾

检校停云新种杉松，戏作。时欲作亲旧报书，纸笔偶为大风吹去，末章因及之。

投老空山，万松手种，政尔堪叹。何日成阴，吾年有几，似见儿孙晚。古来池馆，云烟草棘，长使后人凄断。想当年良辰已恨：夜阑酒空人散。　　停云高处，谁知老子，万事不关心眼。梦觉东窗，聊复尔耳，起欲题书简。霎时风怒，倒翻笔砚，天也只教吾懒。又何事催诗雨急，片云斗暗。

玉楼春

辛弃疾

隐湖戏作。

客来底事逢迎晚？竹里鸣禽寻未见。日高犹苦圣贤中，门外谁酣蛮触战？　　多方为渴寻泉遍，何日成阴松种满。不辞长向水云来，只怕频频鱼鸟倦。

鹧鸪天
辛弃疾

读渊明诗不能去手，戏作小词以送之。

晚岁躬耕不怨贫，只鸡斗酒聚比邻。都无晋宋之间事，自是羲皇以上人。　　千载后，百篇存。更无一字不清真。若教王谢诸郎在，未抵柴桑陌上尘。

六州歌头
辛弃疾

属得疾，暴甚，医者莫晓其状。小愈，困卧无聊，戏作以自释。

晨来问疾，有鹤止庭隅。吾语汝："只三事，太愁余：病难扶，手种青松树，碍梅坞，妨花径，才数尺，如人立，却须锄。秋水堂前，曲沼明于镜，可烛眉须。被山头急雨，耕垄灌泥涂。谁使吾庐，映污渠？　　叹青山好，檐外竹，遮欲尽，有还无。删竹去？吾乍可，食无鱼。爱扶疏，又欲为山计，千百虑，累吾躯。凡病此，吾过矣，子奚如？"口不能言臆对："虽卢扁药石难除。有要言妙道，往问北山愚，庶有瘳乎。"

鹧鸪天

辛弃疾

寻菊花有无，戏作。

掩鼻人间臭腐场，古来惟有酒偏香。自从归住云烟畔，直到而今歌舞忙。　　呼老伴，共秋光。黄花何事避重阳？要知烂熳开时节，直待西风一夜霜。

玉楼春

辛弃疾

乐令谓卫玠："人未尝梦捣虀餐铁杵，乘车入鼠穴。"以谓世无是事故也。余谓世无是事而有是理，乐所谓无，犹云有也。戏作数语以明之。

有无一理谁差别，乐令区区浑未达。事言无处未尝无，试把所无凭理说。　　伯夷饥采西山蕨，何异捣虀餐杵铁。仲尼去卫又之陈，此是乘车入鼠穴。

念奴娇

辛弃疾

余既为傅岩叟两梅赋词，傅君用席上有请云："家有四古梅，今百年矣，未有以品题，乞援香月堂例。"欣然许之，且用前篇体制戏赋。

是谁调护，岁寒枝，都把苍苔封了。茅舍疏篱江上路，清夜月高山小。摸索应知,曹刘沈谢;何况霜天晓。芬芳一世,料君长被花恼。　　惆怅立马行人,一枝最爱,竹外横斜好。我向东邻曾醉里,唤起诗家二老。拄杖而今,婆娑雪里,又识商山皓。请君置酒,看渠与我倾倒。

浣溪沙

辛弃疾

偕杜叔高、吴子似宿山寺戏作。

花向今朝粉面匀,柳因何事翠眉颦?东风吹雨细于尘。　　自笑好山如好色,只今怀树更怀人。闲愁闲恨一番新。

又

歌串如珠个个匀,被花勾引笑和颦。向来惊动画梁尘。　　莫倚笙歌多乐事,相看红紫又抛人。旧巢还有燕泥新。

又

父老争言雨水匀,眉头不似去年颦。殷勤谢却甑中尘。　　啼鸟有时能劝客,小桃无赖已撩人。梨花也作白头新。

行香子

辛弃疾

博山戏简赵昌甫、韩仲止。

少日尝闻："富不如贫。贵不如贱者长存。"由来至乐，总属闲人。且饮瓢泉，弄秋水，看停云。　　岁晚情亲，老语弥真。记前时劝我殷勤："都休殢酒，也莫论文。把《相牛经》，种鱼法，教儿孙"。

鹧鸪天

辛弃疾

有客慨然谈功名，因追念少年时事，戏作。

壮岁旌旗拥万夫，锦襜突骑渡江初。燕兵夜娖银胡䩮，汉箭朝飞金仆姑。　　追往事，叹今吾，春风不染白髭须。却将万字平戎策，换得东家种树书！

菩萨蛮

辛弃疾

重到云岩，戏徐斯远。

君家玉雪花如屋，未应山下成三宿。啼鸟几曾催？西风犹未来。　　山房连石径，云卧衣裳冷。倩得李延年，清歌送上天。

临江仙

辛弃疾

　　苍壁初开，传闻过实，客有来观者，意其如积翠、清风、岩石、玲珑之胜，既见之，乃独为是突兀而止也，大笑而去。主人戏下一转语，为苍壁解嘲。

　　莫笑吾家苍壁小，棱层势欲摩空。相知惟有主人翁。有心雄泰华，无意巧玲珑。　　天作高山谁得料，解嘲试倩扬雄。君看当日仲尼穷。从人贤子贡，自欲学周公。

临江仙

辛弃疾

　　簪花屡堕，戏作。

　　鼓子花开春烂熳，荒园无限思量。今朝拄杖过西乡。急呼桃叶渡，为看牡丹忙。　　不管昨宵风雨横，依然红紫成行。白头陪奉少年场。一枝簪不住，推道帽檐长。

永遇乐

辛弃疾

　　戏赋辛字，送茂嘉十二弟赴调。

　　烈日秋霜，忠肝义胆，千载家谱。得姓何年，细参辛字，一笑君听取：艰辛做就，悲辛滋味，总是辛酸辛苦。更十分向人辛辣，椒桂捣残堪吐。　　世间应有，芳甘浓美，不到吾家门户。比着儿曹,累累却有,金印光垂组。付君此事,从今直上,休忆对床风雨。但赢得靴纹绉面,记余戏语。

临江仙

辛弃疾

戏为期思詹老寿。

手种门前乌桕树,而今千尺苍苍。田园只是旧耕桑。杯盘风月夜,箫鼓子孙忙。 七十五年无事客,不妨两鬓如霜。绿窗划地调红妆。更从今日醉,三万六千场。

乌夜啼

辛弃疾

戏赠籍中人。

江头三月清明,柳风轻。巴峡谁知还是洛阳城。 春寂寂,娇滴滴,笑盈盈。一段乌丝阑上记多情。

江城子

辛弃疾

戏同官。

留仙初试研罗裙,小腰身,可怜人。江国幽香,曾向雪中闻。过尽东园桃与李,还见此,一枝春。 庾郎襟度最清真,挹芳尘,便情亲。南馆花深,清夜驻行云。拚却日高呼不起，灯半灭，酒微醺。

惜奴娇
辛弃疾

戏同官。

风骨萧然，称独立，群仙首。春江雪一枝梅秀。小样香檀，映朗玉纤纤手。未久，转新声泠泠山溜。　　曲里传情，更浓似，尊中酒。信倾盖相逢如旧。别后相思，记敏政堂前柳。知否：又拚了一场消瘦。

孤雁儿
程垓

有尼从人而复出者，戏用张子野事赋此。

双鬟乍绾横波溜。记当日、香心透。谁教容易逐鸡飞，输却春风先手。天公元也，管人憔悴，放出花枝瘦。　　几宵和月来相就。问何事、春山斗。只应深院锁蝉娟，枉却娇花时候。何时为我，小梯横阁，试约黄昏后。

浣溪沙
程垓

病中有以兰花相供者，戏书。

天女殷勤著意多。散花犹记病维摩。肯来丈室问云

何。　　腰佩摘来烦玉笋,鬓香分处想秋波。不知真个有
情么。

临江仙

张镃

余年三十二,岁在甲辰。尝画七圈于纸,揭之坐
右,每圈横界作十眼,岁涂其一。今已过五十有二,怅
然增感,戏题此词。

七个圈儿为岁数,年年用墨糊涂。一圈又剩半圈余。
看看云蔽月,三际等空虚。　　纵使古稀真个得,后来争
免呜呼。肯闲何必更悬车。非关轻利禄,自是没工夫。

御街行

张镃

灯夕戏成。

良宵无意贪游玩。奈邻友、闲呼唤。六街非是少人行,
不似旧时风范。笙歌零落,绮罗销减,枉了心情看。　　思
量往事堪肠断。怕频到、帘儿畔。朦胧月下却归来,指望
阿谁收管。低头注定,两汪儿泪,百计难销遣。

鹧鸪天

卢炳

席上戏作。

秋月明眸两鬓浓。衫儿贴体绉轻红。清声宛转歌金缕,纤手殷勤捧玉钟。　娇娅姹,语惺松。酒香沸沸透羞容。刘郎莫恨相逢晚,且喜桃源路已通。

眉妩

姜夔

戏张仲远。

看垂杨连苑,杜若侵沙,愁损未归眼。信马青楼去,重帘下、娉婷人妙飞燕。翠尊共款,听艳歌、郎意先感。便携手、月地云阶里,爱良夜微暖。　无限风流疏散,有暗藏弓履,偷寄香翰。明日闻津鼓,湘江上、催人还解春缆。乱红万点,怅断魂、烟水遥远。又争似相携,乘一舸,镇长见。

摸鱼儿

姜夔

辛亥秋期,予寓合肥,小雨初霁,偃卧窗下,心事悠然;起与赵君猷露坐月饮,戏吟此曲,盖欲一洗钿合金钗之尘。他日野处见之,甚为予击节也。

向秋来、渐疏班扇,雨声时过金井。堂虚已放新凉入,湘竹最宜敧枕。闲记省,又还是、斜河旧约今再整。天风夜冷,自织锦人归,乘槎客去,此意有谁领。　　空赢得今古三星炯炯,银波相望千顷。柳州老矣犹儿戏,瓜果为伊三请。云路迥,漫说道、年年野鹊曾并影。无人与问,但浊酒相呼,疏帘自卷,微月照清饮。

玉梅令 高平调

姜夔

　　石湖家自制此声,未有语实之,命予作。石湖宅南,隔河有圃曰范村,梅开雪落,竹院深静,而石湖畏寒不出,故戏及之。

疏疏雪片,散入溪南苑,春寒锁、旧家亭馆。有玉梅几树,背立怨东风,高花未吐,暗香已远。　　公来领略,梅花能劝,花长好、愿公更健。便揉春为酒,剪雪作新诗,拚一日、绕花千转。

少年游

姜夔

　　戏平甫。

双螺未合,双蛾先敛,家在碧云西。别母情怀,随郎滋味,桃叶渡江时。　　扁舟载了,匆匆归去,今夜泊前溪。杨柳津头,梨花墙外,心事两人知。

减字木兰花

郭应祥

戏万安胡簿。

栖鸾高士。文采风流谁得似。年德虽高。对酒当歌
气尚豪。　　明眸皓齿。一朵红莲初出水。膝上安排。
爱惜须教不离怀。

减字木兰花

郭应祥

用季功韵戏呈子定。

遇如不遇。最是暂来还复去。归到乡关。欲再来时
却恐难。　　丁宁去后。倩雁传书须访旧。万斛羁愁。
逐水那容许大舟。

朝中措

韩淲

戏赠郑干。

扁舟撑月转江湖。烟水湛金铺。篷底晓凉歌罢,肌肤
冰雪初扶。　　诗人自是风尘表,佳处句能摹。属玉一双
飞去,荷花香动菰蒲。

减字木兰花

韩淲

昌甫以嵇叔夜语作曲,戏用杜子美诗和韵。

一杯易足。自断此生犹杜曲。词客哀时。不敢愁来赋别离。　　孤城麦秀。常愧葛洪丹未就。诗罢长吟。衰晚迟回违寸心。

菩萨蛮

韩淲

酒半戏成。

秋林只共秋风老。秋山却笑秋吟少。恰恨有秋香。青岩秋夜凉。　　清秋须是酒。结客秋知否。醉笔写成秋。一秋无复愁。

浣溪沙

韩淲

戏成寄李叔谦。

彩笔新题字字香。雁来时候燕空梁。芙蓉无处著秋光。　　人远山长言外意,曲传书恨醉时妆。倩谁闲寄水云乡。

百字令

胡惠斋

几上凝尘戏画梅一枝。

小斋幽僻,久无人到此,满地狼藉。几案尘生多少憾,把玉指亲传踪迹。画出南枝,正开侧面,花蕊俱端的。可怜风韵,故人难寄消息。　　非共雪月交光,这般造化,岂费东君力。只欠清香来扑鼻,亦有天然标格。不上寒窗,不随流水,应不钿宫额。不愁三弄,只愁罗袖轻拂。

小阑干

卢祖皋

种桂戏成。

露华深酿古香浓。一树□云丛。窗间试与,闲培秋事,聊寄幽悰。　　钩帘静对西风晚,尘外小房栊。轻阴澹日,浅寒清月,想见山中。

柳梢青

刘镇

戏简高菊磵。

瞥眼光阴。章台旧路,杨柳春深。尚忆风流,殢人倚玉,替客挥金。　　高阳醉后分襟。想妒雨、嗔云到今。消息真时,笑啼难处,方表人心。

八六子

葛长庚

戏改秦少游词。

倚危亭。恨如芳草,萋萋刬尽还生。念柳外青骢去后,洞中白鹤归来,恍然暗惊。　　吾家渺在瑶京。夜月一帘花影,春风十里松鸣。奈昨梦、前尘渐随流水,凤箫歌杳,水长天远,那堪片片飞霞弄晚,丝丝细雨笼晴。正消凝。子规又啼数声。

水调歌头

刘克庄

解印有期戏作。

老子颇更事,打透利名关。百年扰扰于役,何异入槐安。梦里偶然得意,醒后才堪发笑,蚁穴驾车还。恰佩南柯印,仿佛觳曾丹。　　客未散,日初映,酒犹残。向来幻境安在?回首总成闲。莫问浮云起灭,且跨刚风游戏,露冷玉箫寒。寄语抱朴子,候我石楼山。

贺新郎

刘克庄

实之用前韵为老者寿戏答。

身畔无丝缕。但从前練裳练帨,做他家主。甲子一周加二纪,兔走乌飞几度。赛孔子如来三五。鹤发萧萧无可截,要一杯留客惭陶母。门外草,欲迷路。　　朗吟白雪阳春句。待夫君骊驹不至,鹊声还误。老去聊攀莱子例,倒著斑衣戏舞。记田舍火炉头语。肘后黄金腰下印,有高堂未敢将身许。且扇枕,莫倚柱。

水龙吟

刘克庄

徐仲晦、方蒙仲各和余去岁笛字韵为寿戏答二君。

行藏自决于心,不消谋及门前客。平生慕用,著书玄晏,挂冠贞白。帝奖孤高,别加九锡,一笭双屐。更赐之车服,胙之茅土,依稀在,槐安国。　　频领竹宫清职,仰飞仙犹龙无迹。与谁同去,挑包徐甲,负辕班特。蹉过明师,且寻狎友,杜康仪狄。笑谢公旷达,暮年垂泪,听桓郎笛。

沁园春

刘克庄

五和韵狭不可复和偶读孔明传戏成。

昔卧龙公,北走曹瞒,西克刘璋。看沙头八阵,百神呵护;渭滨一表,三代文章。绝笑渠侬,平生奸伪,死未忘情履与香。筹笔处,遣子丹引去,仲达奔忙。　　纷纷跋扈飞扬,这老子高深未易量。但纶巾指授,关河震动;灵旗征讨,夷汉宾将。到得市朝,变为陵谷,千载烝尝丞相堂。锦城外,有啭鹂音好,古柏皮苍。

生查子

刘克庄

元夕戏陈敬叟。

繁灯夺霁华,戏鼓侵明发。物色旧时同,情味中年别。　　浅画镜中眉,深拜楼西月。人散市声收,渐入愁时节。

玉楼春

刘克庄

戏呈林节推乡兄。

年年跃马长安市,客舍似家家似寄。青钱换酒日无何,红烛呼卢宵不寐。　　易挑锦妇机中字,难得玉人心下事。男儿西北有神州,莫滴水西桥畔泪。

鹧鸪天

刘克庄

戏题周登乐府。

诗变齐梁体已浇,香奁新制出唐朝。纷纷竞奏桑间曲,寂寂谁知爨下焦。　　挥彩笔,展红绡。十分峭措称妖娆。

可怜才子如公瑾，未有佳人敌小乔！

菩萨蛮

刘克庄

戏林推。

小鬟解事高烧烛，群花围绕拇蒲局。道是五陵儿，风骚满肚皮。　　玉鞭鞭玉马，戏走章台下。笑杀灞桥翁，骑驴风雪中。

金菊对芙蓉

刘清夫

沙邑宰绾琴妓，用旧韵戏之。

浅拂春山，慢横秋水，玉纤闲理丝桐。按清泠繁露，淡伫悲风。素弦瑶轸调新韵，颤翠翘、金簇芙蓉。叠巘重锁，轻挑慢摘，特地情浓。　　泛商刻羽无穷。似和鸣鸾凤，律应雌雄。问高山流水，此意谁同。个中只许知音听，有茂陵、车马雍容。画帘人静，琴心三叠，时倒金钟。

贺新郎

吴潜

因梦中和石林贺新郎，并戏和东坡乳燕飞华屋。

碧沼横梅屋。水平堤、双双翠羽，引雏偷浴。倚户无人深院静，犹忆棋敲嫩玉。还又是、朱樱初熟。手绾提炉香一炷，黯消魂、伫立阑干曲。闲转步，数修竹。　　新来有个眉峰蹙。自王姚、后魏都褪，只成愁独。凤带鸾钗宫样巧，争奈腰围倦束。谩困倚、云鬟堆绿。淡月帘栊黄昏后，把灯花、印约休轻触。花烬落，泪珠簌。

念奴娇

吴潜

戏和仲殊。己未四月二十七日。

午飙褪暑，向绿阴深处，引杯孤酌。啼鸟一声庭院悄，日影偷移朱箔。杏落金丸，荷抽碧筒，景物挨排却。虚檐长啸，世缘菌簟筹筹。　　休问雪藕丝蒲，佩兰钿艾，旧梦都高阁。惟有流莺当此际，舌弄笙簧如约。短棹双溪，么锄三径，归计犹难托。料应猿鹤，近来多怨离索。

朝中措

吴潜

五用韵戏呈。

兰皋彻夜树旍干。战渴望梅酸。想有歌姬半臂，更深自可麈寒。　　敲门寄曲，惊回蝶梦，旋篝灯看。坛下已收降将，火牛不用田单。

秋夜雨

吴潜

依韵戏赋傀儡。

腰棚傀儡曾悬索。粗瞒凭一层幕。施呈精妙处,解幻出、蛟龙头角。　　谁知鲍老从旁笑,更郭郎、摇手消薄。歧路难准托。田稻熟、只宜村落。

瑶华

吴文英

分韵得作字,戏虞宜兴。

秋风采石,羽扇挥兵,认紫骝飞跃。江蓠塞草,应笑看、空锁凌烟高阁。凯歌秦陇,问铙鼓、新词谁作。有秀荪、来染吴香,瘦马青刍南陌。　　冰澌细响长桥,荡波底蛟腥,不溇霜锷。乌丝醉墨,红袖暖、十里湖山行乐。老仙何处,算洞府、光阴如昨。想地宽、多种桃花,艳锦东风成幄。

酹江月

黄昇

戏题玉林。

玉林何有,有一弯莲沼,数间茅宇。断堑疏篱聊补葺,那得粉墙朱户。禾黍秋风,鸡豚晓日,活脱田家趣。客来茶罢,自挑野菜同煮。　　多少甲第连云,十眉环座,人醉黄金坞。回首邯郸春梦破,零落珠歌翠舞。得似衰翁,萧然陋巷,长作溪山主。紫芝可采,更寻岩谷深处。

沁园春

陈著

单景山雪中以学佛自夸,因次韵戏抑之。

潇洒书斋,香清缕直,灯冷晕圆。忽惊窗鸣瓦,霰如筛下,裁冰翦玉,片似花鲜。深怕妨梅,也愁折竹,才作还休亦偶然。更深也,漫题窗记瑞,诗思绵绵。　　闻君礼佛日千。浪说道繁华不值钱。想鸳衾底下,都将命乞,蒲龛里畔,未必心安。兜率天宫,清凉境界,总是由心不是缘。雪山上,自有人坐了,不到君边。

减字木兰花

刘辰翁

再用韵戏古岩出妾。

清欢昨日。十事不如人六七。试数从前。素素相从得几年。　　子兮子兮。再拣一枝何处起。翠斧峰驼。客好其如良夜何。

汉宫春

刘辰翁

壬午开炉日戏作。

雨入轻寒，但新筥未试，荒了东篱。朝来暗惊翠袖，重倚屏帏。明窗丽阁，为何人、冷落多时。催重顿，妆台侧畔，画堂未怕春迟。　　漫省茸香粉晕，记去年醉里，题字倾敧。红炉未深乍暖，儿女成围。茶香疏处，画残灰、自说心期。容膝好，团栾分芋，前村夜雪初归。

一枝春

周密

越一日，寄闲次余前韵，且未能忘情于落花飞絮间，因寓去燕杨姓事以寄意，此少游"小楼连苑"之词也。余遂戏用张氏故实，次韵代答，亦东坡"锦里先生"之诗乎？

帘影移阴，杏香寒、乍湿西园丝雨。芳期暗数，又是去年心绪。金花谩剪，倩谁画、旧时眉妩。空自想、杨柳风流，泪滴软绡红聚。　　罗窗那回歌处。叹庭花倦舞，香消衣缕。楼空燕冷，碎锦懒寻尘谱。么弦谩赋，记曾是、倚娇成妒。深院悄，闲掩梨花，倩莺寄语。

玲珑四犯

周密

戏调梦窗。

波暖尘香，正嫩日轻阴，摇荡清昼。几日新晴，初展绮枰纹绣。年少忍负韶华，尽占断、艳歌芳酒。看翠帘、蝶舞蜂喧，催趁禁烟时候。　　杏腮红透梅钿皱。燕将归、海棠斯勾。寻芳较晚，东风约、还在刘郎后。凭问柳陌旧莺，人比似、垂杨谁瘦？倚画阑无语，春恨远、频回首。

柳梢青

周密

余生平爱梅，仅一再见逃禅真迹。癸酉冬，会疏清翁孤山下，出所藏《双清图》，奇悟入神，绝去笔墨畦径。卷尾，补之自书《柳梢青》四词，辞语清丽，翰札遒劲，欣然有契于心。余因戏云：“不知点胸老、放鹤翁同生一时，其清风雅韵，优劣当何如哉？”翁噱曰：“我知画而已，安与许事？君其问诸水滨！”因次韵，载名于后，庶异时开卷索笑，不为生客云。

约略春痕。吹香新句，照影清尊。洗尽时妆，效颦西子，不负东昏。　　金沙旧事休论。尽消得、东风返魂。一段真清，风前孤驿，雪后前村。

又

万雪千霜。禁持不过,玉雪生光。水部情多,杜郎老去,空恼愁肠。　天寒野屿空廓。静倚竹、无人自香。一笑相逢,江南江北,竹屋山窗。

又

映水穿篱,新霜微月,小蕊疏枝。几许风流,一声龙竹,半幅鹅溪。　江头怅望多时,欲待折、相思寄伊。真色真香,丹青难写,今古无诗。

又

夜鹤惊飞。香浮翠藓,玉点冰枝。古意高风,幽人空谷,静女深帏。　芳心自有天知,任醉舞、花边帽欹。最爱孤山,雪初晴后,月未残时。

南楼令

周密

戏次赵元父韵。

好梦不分明。楚云千万层。带围宽、愁损兰成。玉杵玄霜才咫尺,青羽信、便沉沉。　水调夜楼清。清宵谁共听。研笺红、空赋倾城。几度欲吟吟不就,可煞是、没心情。

菩萨蛮

赵必璲

戏菱生。

红娇翠溜歌喉急。旧弦拨断新腔入。往事水东流。菱花晓带秋。　帏香双凤集。清泪层绡湿。残梦五更头。酒醒依旧愁。

朝中措

赵必璲

戏赠东邻刘生再娶板桥谢女。

橘肥梅小蜡橙黄。薄薄板桥霜。春透谢娘庭院，雅宜倚玉偎香。　旧情如纸，新情如海，冷热心肠。谁为移根换叶，桃花自识刘郎。

鹧鸪天

赵必璲

戏赠黄医。

湖海相逢尽赏音。囊中粒剂值千金。单传扁鹊卢医术，不用杨高郭玉针。　三斛火，一壶冰。蓝桥捣熟隔云深。无方可疗相思病，有药难医薄幸心。

风入松

蒋捷

戏人去妾。

东风方到旧桃枝。仙梦已云迷。画阑红子撦蒱处，依然是、春昼帘垂。恨杀河东狮子，惊回海底鸥儿。　　寻芳小步莫嫌迟。此去却慵移。断肠不在分襟后，元来在、襟未分时。柳岸犹携素手，兰房早掩朱扉。

踏莎行

张炎

郊行，值游女以花掷水，余得之，戏作此解。

花引春来，手擎春住。芳心一点谁分付。微歌微笑蓦思量，瞥然抛与东流去。　　带润偷拈，和香密护。归时自有留连处。不随烟水不随风，不教轻把刘郎误。

满江红

刘将孙

建安戏用林碧山韵。

正好花时，忽办得、匆匆来去。道一往无情，却又别罾愁妩。四海云鬟高样髻，长思红袖□分路。怪近来、不怨客毡寒，婵娟误。　　黄花约，终难据。曾未肯，清园住。只昼思夜梦，浅斟低诉。莲子擘开谁在意，徐娘一笑来何暮。又争知、寂寞白头吟，寒机素。

少年游

刘铉

戏友人与女客对棋。

石榴花下薄罗衣。睡起却寻棋。未省高低，被伊春笋，拈了白玻璃。　　钏脱钗斜浑不省，意重子声迟。对面痴心，只愁收局，肠断欲输时。